novum pro

AF164296

SEBASTIAN MARC SIMON

Die Rückkehr der Schatten

novum pro

www.novumverlag.com

Bibliografische Information
der Deutschen Nationalbibliothek:

Die Deutsche Nationalbibliothek
verzeichnet diese Publikation in
der Deutschen Nationalbibliografie.
Detaillierte bibliografische Daten
sind im Internet über
http://www.d-nb.de abrufbar.

Alle Rechte der Verbreitung,
auch durch Film, Funk und Fernsehen,
fotomechanische Wiedergabe,
Tonträger, elektronische Datenträger
und auszugsweisen Nachdruck,
sind vorbehalten.

© 2021 novum Verlag

ISBN 978-3-99064-959-6
Lektorat: Heinz G. Herbst
Umschlagfotos: Dmitrijs Bindemanis,
Evgenii Kazantsev | Dreamstime.com
Umschlaggestaltung, Layout & Satz:
novum Verlag

Gedruckt in der Europäischen Union
auf umweltfreundlichem, chlor- und
säurefrei gebleichtem Papier.

www.novumverlag.com

Inhalt

Die Familie des Königs 7
Dagories Rückkehr 11
Bekklec wird gerufen 19
Dagorie im Baumelfen-Reich 25
Die Hexe erwacht zum Leben 30
Währenddessen im Schloss 34
Sordied kehrt zurück 38
In den Drachenlanden 42
Im Schloss von Nefesto 45
Marreck und die Trolle 51
Sordied und Fahayakla 55
Mattias und die Zwerge 60
Die Trolle greifen an 65
Die Suche nach Bekklec 69
Die Verstärkung trifft ein 74
Die Nicht-Befreiung von Bekklec 79
Bei Elena im Schloss Nefesto 83
Die Schatten gegen die Trolle 85
Arentor trägt die Konsequenzen 90

Die Familie des Königs

Es ist ein schöner Morgen, als die Sonne über dem Königreich Selmir aufgeht. Nachdem der König Arentor die Magie und die Zauberei verboten hatte, kehrte Frieden in sein Königreich zurück. Nicht zuletzt, da er die Grenzen zu Selmir geschlossen hatte und die langen Kriege beenden konnte, die das Land überfielen. Drei Jahrzehnte ist es her, seit er einen sehr hohen Preis für den Frieden bezahlen musste. Vom Volk geachtet, regiert er von einem Schloss aus, das in der Hauptstadt Nefesto steht. Die Hauptstadt, umschlungen von dicken Mauern, gilt als uneinnehmbar und kann einer Belagerung über Jahre hinweg standhalten. Arentor verlässt nur selten das Schloss. Seine beiden Söhne dürfen nie gleichzeitig das Schloss verlassen, um sicherzustellen, dass mindestens ein Thronfolger am Leben ist. So tief sind die Narben, da seine Königin bei der Geburt seiner Tochter verstorben war. Er vermisst seine Tochter Elena sehr. Sie versuchte Arentor zu überzeugen, die Magier nicht zu verbannen und die Magie nicht zu verbieten. Unlängst, da sie mit dem Magier Beckzusir verheiratet ist. Nachdem sie scheiterte, folgte sie ihrem Mann ins Exil. Arentor hat seitdem nichts mehr von ihr gehört. Er weiß nicht, ob sie lebt oder tot ist, noch, wo sie sich aufhält. Im Schloss gibt es einen Raum mit magischen Artefakten, die seine stärksten und loyalen Krieger benutzt hatten. Inmitten des Raumes steht eine Statur seiner Tochter, die einen von Beckzusir hergestellten Kristall in den Händen hält. Beckzusir gab einst dem König diesen Kristall. Sollte er seine Befehle widerrufen oder das Königreich in Gefahr sein, kann der König damit Kontakt zu Beckzusir aufnehmen. Dies war nicht ungewöhnlich, da er von Cheppard, einem weiteren Magier, ebenfalls einen solchen Kristall bekommen hat. Der König hat oft darüber nachgedacht, den Kristall zu benutzen, um den Kontakt zu Elena wiederherzustellen. Allerdings muss er Stärke zeigen und kann sich selbst nicht gegen seine Gesetze stellen. Schließlich ist er vertraglich gebunden, keine Magie zu benutzen, um nicht gegen die Friedensverträge, die er einst geschlossen hat, zu verstoßen. Jeden Tag besucht er den Raum der Artefakte und entzündet sieben Laternen, die sich darin befinden. Als Zeichen, dass er die sechs Helden und seine Tochter vermisst und die Laternen ihnen irgendwann den Weg nach Hause zeigen werden. Von drei der Helden wusste er, wo sie sich niederließen. Die anderen drei waren spurlos verschwunden. Das Königreich war groß, und obwohl er so viele Späher entsandte, konnte doch niemand seine Tochter aufspüren. Die täglichen Tätigkeiten eines Königs übernahm sein ältester Sohn Arentee. Da der König schon älter geworden war und seine Kräfte sammeln muss. Sein jüngster Sohn Marreck übernahm die Aufsicht über das Militär des Königreiches. Wobei – auch nur mäßig. Er ist ein begnadeter Stratege, aber auf dem Schlachtfeld fehlt ihm der Mut. Arentee und Marreck verstehen sich gut, es gibt nie Streit zwischen ihnen. Auch nicht, was die Thronfolge angeht, da Marreck nur zu gerne sich dieser Verantwortung entziehen will. Arentee versteht dies als seine Pflicht und hat sich nie gefragt, was er ansonsten machen würde. So verstreichen die Tage in Selmir.

Als eines Tages Arentor wieder die Laternen anzündet und über seine Tochter nachdachte, kam Arentee zu ihm. Dies ist recht ungewöhnlich, da man den König im Artefakt-Raum für gewöhnlich allein ließ. „Vater, etwas Schreckliches ist passiert", sprach Arentee mit aufgelöster Stimme. „Im südlichen Grenzland wurden zwei Dörfer angegriffen und vollständig zerstört." Arentor stockte kurz der Atem. Die südlichen Grenzländer grenzen an das Reich der Baumelfen. Sie sind ein sehr friedliches Volk, und Selmir ist ihnen im Krieg zu Hilfe geeilt. Er kann sich nicht vorstellen, dass die Baumelfen Selmir angreifen würden. Arentor sprach mit erschütterter Stimme zu seinem Sohn. „Wer war das?" Arentee versteht die Reaktion von seinem Vater nur zu gut, hat er doch selbst viele Freunde im Reich der Baumelfen, und einst war er es, der ihnen im Krieg beistand. „Nun, Vater, wir wissen es nicht! Wir wissen nur, dass anscheinend Magie im Spiel war. Die Angreifer verschwanden so schnell wieder im Nichts, wie sie erschienen sind." Der König schaute sich im Artefakt-Raum um, er sah die Gemälde seiner Helden und deren Ausrüstungen und Gegenstände an. „Nun denn", sagt er entschlossen. „Verstärkt die Wachen in dem Gebiet. Schickt den Bauern Hilfe, sie sollen die Dörfer wiederaufbauen. Gib meinem alten Freund Dagorie Bescheid, bittet ihn, die Sache zu untersuchen und uns Bericht zu erstatten. Er hat sich in den westlichen Ländereien in dem Dorf Bohlumheim niedergelassen. Er hegte einst gute Beziehungen zu den Baumelfen. Er wird erkennen können, ob es sich wirklich um einen Angriff von Baumelfen handelt. Er wird erfreut sein und meinem Ruf Folge leisten." Erfreut, endlich wieder Kontakt zu einem der sechs Helden des Reiches aufnehmen zu dürfen, antwortete Arentee: „Ich kenne Dagorie aus längst vergangenen Tagen, Vater. Aber erfreut habe ich ihn noch nie gesehen." Arentor schmunzelt. „Er ist ein Diplomat, du darfst ihn nicht nach seiner Mimik beurteilen. Glaube mir, er wird erfreut sein." „Vielleicht sollte ich Dagorie begleiten, Vater, wenn wir schon einen Helden des Reiches entsenden, wäre königliches Blut an der Stelle ebenfalls angebracht." Arentor überlegt kurz und antwortet ihm. „Nein, du wirst hier gebraucht, Marreck soll sich ein Bild von der Lage machen. Damit er die Wachen am besten in Stellung bringen kann." Sichtlich enttäuscht akzeptierte Arentee die Entscheidung seines Vaters. „Sollen wir Dagorie sein Gewand und seine Dolche mit der Feder zukommen lassen, Vater?" Mit besorgten Blicken schaut Arentor seinen Sohn an und antwortete: „Nein, warten wir erst mal ab, was sich bei der ganzen Sache herausstellt." Arentee verlässt den Raum und endsendet sofort einen Boten nach Bohlumheim. Danach unterrichtete er seinen Bruder Marreck über die Wünsche ihres Vaters. Bestürzt über die Verluste der Dörfer und ihrer Bewohner willigt Marreck ein, obwohl es ihm lieber wäre, wenn sein Bruder anstatt seiner gehen würde. Wie ein Lauffeuer verbreitet sich in der Stadt die Neuigkeit. Die älteren Bewohner sind erschrocken, dass mit Dagorie ein Schatten von Selmir entsendet wird. Die Bewohner in Selmir nennen die Helden des Königreiches Schatten von Selmir, da die sechs Helden nicht als Helden bezeichnet werden wollen. Denn ihre Heldentaten im Krieg brachten auch Verluste mit sich. Wodurch sie die Bezeichnung Held für unpassend erachteten. Marreck eilt zu einem seiner Offiziere. „Ihr nehmt euch ein Bataillon Soldaten und Sanitäter, reitet sofort in das südliche Grenzland. Baut in der Nähe der zwei zerstörten Dörfer ein Lazarett auf und helft den Verwundeten. Niemand darf in die Dörfer, bevor Dagorie eingetroffen ist." Der Offizier antwortete abrupt. „Jawohl, mein Herr." Während er geschwind die Befehle ausführt, denkt er: Also stimmen die Gerüchte, und ein Schatten von Selmir ist unterwegs. Marreck ging zu einem zweiten Offizier. „Stellt zwei Bataillone Soldaten bereit, sobald ich mit dem König geredet habe, reiten wir los." Der Offizier nickt und machte sich an die Arbeit. Marreck geht zu Arentor. „Vater, wenn die Lage so ernst ist, sollten wir dann nicht Dagories Ausrüstung mitnehmen?" Arentor antwortet ihm: „Nein, seine Ausrüstung enthält Magie, ich weiß zwar nicht genau, zu was sie in der Lage ist oder was die Magie darin bewirkt. Aber solange wir nicht wissen, was passiert ist, verzichten wir darauf. Wenn du Dagorie begegnest, frage ihn, ob er was von deiner Schwester oder Beckzusir gehört hat. Jetzt spute dich, mein Sohn, und komm unserem Volk zu Hilfe." Mit großer Sorge antwortet Marreck: „Sehr wohl, Vater." Als sich Marreck auf den Weg macht, läuft es ihm kalt den Rücken runter. Er denkt sich: *Ein Schatten von Selmir ohne seine Ausrüstung ist doch wie ein Soldat ohne Waffe.* Die Soldaten hatten sich am Stadttor gesammelt. Als Marreck dort ankam, schaute er hoch zum Schloss, und sah Arentor und Arentee mit besorgten Blicken ihn verabschieden. Die Soldaten und Marreck reiten los. Es wird eine lange Reise in die südlichen Grenzländer.

Dagories Rückkehr

Es ist kühl in Bohlumheim. Es weht eine frische Brise. Bohlumheim ist sehr ländlich, schlicht und einfach. Bunte Blumen zieren die Straßen. Es ist ein recht kleines Dorf. Und so fiel es auch jedem Bewohner direkt auf, dass ein Bote des Königs im Dorf war. Der Bote fragt einen umherlaufenden Jungen, wo er denn den Schatten von Selmir finden kann. Doch der Junge zuckt nur mit den Schultern. Etwas weiter stellt er dieselbe Frage einer älteren Dame, die vor ihrem Haus sitzt. „Wie heißt denn euer Schatten, den ihr sucht? Uns sind hier keine Schatten von Selmir bekannt." Der Bote wunderte sich über diesen Zustand, ein Schatten müsste doch in einem solchen Dorf bekannt sein. Er antwortete ihr: „Dagorie heißt der Mann, den ich suche, er soll sich hier niedergelassen haben." Die alte Frau fängt an zu lachen. „Dagorie der alte Narr mit der Silberzunge. Ja, ja, der wohnt die Straße hinunter im vorletzten Haus auf der linken Seite. Dagorie ein Schatten von Selmir, das erklärt einiges." Der Bote reitet verwundert los, während die alte Dame immer noch lacht. Als er das Haus erreicht, kommt ihm ein junger Knabe entgegen. Der Bote fragte ihn: „Wohnt hier Dagorie?" „Ja, ich soll euer Pferd in den Stall bringen, und meine Mutter wartet in der Küche auf euch. Geht ruhig hinein, die Tür ist offen." Schon wieder verwundert, steigt der Bote von seinem Pferd und gibt dem Jungen die Zügel, der das Pferd in den Stall bringt. Der Bote schaut sich kurz um, als er durch das Fenster eine Frau sieht, die ihn zu sich winkt. Zögerlich betritt er das Haus, als eine Stimme aus der Küche ruft: „Kommt herein und setzt euch an den Tisch, ich habe euch etwas Suppe warm gemacht." Er geht in die Küche und begrüßt die Frau. „Hallo, ich bin auf der Suche nach Dagorie." Die Frau antwortet: „Ja, ja, das ist mein Ehemann, jetzt setzt euch erst mal und esst eure Suppe, bevor sie wieder kalt ist." Der Bote erwiderte: „Werte Dame, ich muss wirklich dringend mit Eurem Gatten sprechen." Der Junge, der das Pferd in den Stall brachte, kommt in die Küche. „Ihr solltet meiner Mutter nicht widersprechen, und die Suppe ist wirklich vorzüglich." Die Frau stemmte ihre Hände in die Hüften und spricht zu dem Jungen. „Du kannst mir so viel schmeicheln, wie du möchtest. Das macht deine Taten nicht ungeschoren, und jetzt geh auf dein Zimmer." Der Junge lässt den Kopf hängen und sagt: „Ja, Mama." Dann verlässt er die Küche. Immer noch mit den Händen an der Hüfte schaute sie vorwurfsvoll den Boten an. Der sich daraufhin an den Tisch setzt und mit gesenktem Kopf anfängt, die Suppe zu essen. Sie spricht zum Boten. „Mein Mann ist noch im Dorf, einen Streit schlichten, er wird bald hier sein. Mein Name ist Julander, und wie ist euer Name?" Der Bote schaut sie an. „Mattias ist mein Name, und wenn ich mir erlauben dürfte: Ihre Suppe ist wirklich vorzüglich." Julander lächelte und erwiderte: „Jetzt fang du mir auch noch so an!"

Einige Zeit später kommt ein stattlicher Mann mit schlichtem Gemüt ins Haus. Seine Kleidung ist sehr funktional und doch edel. Er erblickt den Boten und spricht. „Guten Tag, mein Name ist Dagorie, und mit wem habe ich das Vergnügen?" Dagorie reicht Mattias die Hand. Dieser steht vom Küchentisch auf und reicht Dagorie die Hand. Doch bevor er etwas sagen kann, fällt Julander ihm ins Wort. „Das ist Mattias, ein Bote des Königs. Ihr habt sicherlich viel zu besprechen, geht am besten in dein Arbeitszimmer, ich bringe euch Tee." Dagorie zeigt mit der offenen Handfläche Richtung Flur. „Wir sollten der Dame des Hauses nicht widersprechen." Auf dem Weg ins Arbeitszimmer fragt Dagorie: „Hat Julander Ihnen Suppe angeboten? Vom Schloss aus bis hierher ist es ein langer Ritt." Mattias antwortet: „Ja, hat sie, vielen Dank, die Suppe war vorzüglich." Dagorie flüstert zu Mattias: „Vielen Dank, ich mag die Suppe nicht." Aus der Küche ertönt Julanders Stimme. „Das habe ich gehört!" Von oben aus dem Kinderzimmer ruft der Junge mit protziger Stimme: „Ich habe doch gar nichts gesagt." Dagorie schüttelt den

Kopf und sagt zu Mattias: „Verzeiht, es kommt nicht allzu oft vor, dass wir Besuch von einem Boten des Königs bekommen."

Im Arbeitszimmer angekommen, bietet Dagorie Mattias einen Sitzplatz an. Kurz darauf kommt Julander mit dem Tee ins Zimmer. Nachdem sie jedem eine Tasse hingestellt hat, nimmt sie ebenfalls in der kleinen Runde Platz. Dagorie fragt den Boten: „Was führt euch denn den weiten Weg hierher?" Mattias fängt an zu berichten. „In den südlichen Ländern wurden zwei Dörfer angegriffen. Es scheint so, als sei Magie angewandt worden. Der König verstärkt die Wachen in den südlichen Grenzländern, und der Prinz Marreck ist unterwegs, um dem Volk zu helfen. Der König bittet euch darum, die Dörfer zu untersuchen, da ihr mit der Magie der Baumelfen bekannt seid. Würdet ihr erkennen, ob es sich um einen Angriff aus dem Reich der Baumelfen handelt oder nicht?" Julander unterbricht ihn. „Nun, es gibt noch weitere fünf Schatten von Selmir. Warum sollte ausgerechnet mein Mann in den Krieg ziehen? Wo sind die anderen fünf?" Dagorie erhebt die Stimme gegen Julander. „Schweig still und lass Mattias doch ausreden." Mattias fährt fort. „Wir wissen nicht, wo alle Schatten des Königs sind, aber ich denke, er ruft nach Ihrem Mann, weil der König einen Krieg verhindern will. Marreck hat Anweisung gegeben, dass niemand die Dörfer betritt, bis ihr eure Untersuchungen abgeschlossen habt. Der König bittet euch ebenfalls, nach Beendigung eurer Untersuchung ihm Bericht zu erstatten." Dagorie verinnerlicht den Bericht von Mattias. Geht zu seinem Schreibtisch, schreibt etwas auf ein Blatt Papier und versiegelt es in einem Umschlag. Anschließend gibt er den Umschlag Mattias und sagt: „Heute ist es für euch zu spät, um ins Schloss zurückzureiten. Seid mein Gast, und morgen früh reitet ihr zurück zum König. Gebt ihm diesen Umschlag. Ich werde mich morgen früh auf den Weg ins südliche Grenzland machen." Enttäuscht über Dagories Entscheidung sagt Julander. „Ich werde euch das Gästezimmer fertig machen." Dagorie nippt an seinem Tee und fragt: „Erzählt mir, was gibt es denn Neues im Schloss? Ist Elena zurückgekehrt?"

Am nächsten Morgen reiten Mattias und Dagorie los. Mattias in Richtung Schloss und Dagorie Richtung südliche Grenzländer. Als Mattias im Schloss ankommt, berichtet er Arentor und Arentee. „Mein König, ich habe Dagorie gefunden. Er hat sich auf den Weg ins südliche Grenzland gemacht. Er wird Eurem Ruf folgen. Er bat mich, Euch diesen Brief zu überbringen." Arentor öffnet den Brief, liest ihn und fängt an zu lachen. Er spricht zu Mattias. „Habt Dank, haltet euch bereit, falls ihr noch mehr Schatten finden müsst. Ihr könnt wegtreten." Arentee fragt seinen Vater: „Was stand in dem Brief?" Arentor lächelt und gibt ihm den Brief. Darin steht: „Wird gemacht, Chef." Gezeichnet Dagorie.

Es vergehen einige Tage, bis Dagorie im südlichen Grenzland ankommt. Als er das Lazarett erreicht, wird er von Wachen aufgehalten. „Dies ist Sperrgebiet, Reisender, Ihr könnt hier nicht passieren." Dagorie blickt die Wache verwundert an und spricht: „Ich bin Dagorie, der Schatten von Selmir. Ich bin auf der Suche nach Prinz Marreck und auf Geheiß des Königs hier." Sichtlich erleichtert antwortet ihm die Wache. „Verzeiht mir meine Unwissenheit, ich habe Euch nicht erkannt. Gut, das Ihr endlich hier seid. Wir haben Euch erwartet. Folgt mir, ich bringe Euch zu Prinz Marreck." Als sie durch das Lazarett schritten in Richtung Lager, fiel Dagorie auf, dass nicht ein Mensch hier behandelt wurde. Er fragte die Wache: „Sollten hier nicht die Verwundeten behandelt werden?" Enttäuscht antwortete die Wache: „Ach, gäbe es nur Überlebende, dann wüssten wir wenigstens, was hier passiert ist." Als sie das Lager erreichten, kam Marreck auf die beiden zu und begrüßte sie. „Dagorie, schön, Euch zu sehen und wie schlimm die Umstände sind. Wie ich sehe, sind die Jahre auch an Euch nicht spurlos vorbeigegangen." Dagorie musste schmunzeln. „Marreck, wie ich sehe, seid Ihr groß geworden und habt Euch gut gemacht. Aber sagt mir: Was ist geschehen, dass der König mich rief, und wo sind die anderen Schatten?" Marreck schaute ihn mit traurigem Blick an und sprach: „Wir wissen nicht, was passiert ist. Als wir hier ankamen, fanden wir keines der Dörfer wieder. Nur eine Schneise der Verwüstung. Niemand hat es überlebt. Selbst Frauen und Kinder haben es nicht geschafft. Wir hofften, Ihr könntet uns sagen, was oder wer das war. Zu den anderen Schatten: Wir wissen nur, wo sich drei aufhalten. Einer davon seid Ihr, und mein Vater ruft auch nur nach Euch. Ihr wisst nicht zufällig, wo die anderen sind? Oder wo sich meine Schwester aufhält?" Dagorie überlegt kurz. „Elena wird wohl bei Beckzusir sein, und dieser wird das Land verlassen haben. Genauso wie Cheppard. Es sind Magier, sie werden dort hingegangen sein, wo sie ihre Magie wirken und ausleben dürfen. Fahayakla ist eine Hexe, sie wird es ihnen gleichtun. Es beruhigt mich zumindest, dass Ihr wisst, wo Bekklec und Sordied sich aufhalten. Wenn ihr wirklich herausfinden wollt, wo Elena und Beckzusir sind, dann solltet ihr vielleicht Bekklec fragen. Er ist schließlich Beckzusirs Bruder." Enttäuscht über die Antwort von Dagorie erwiderte Marreck: „Na ja, das haben wir versucht. Doch Bekklec ist ein Berserker, und seine Forderungen beinhalten die Rückkehr der Magie. Er ist so stur wie ebenfalls tödlich. Das genießen wir nur mit Vorsicht. Nun kommt, ich zeige Euch die Überreste der Dörfer. Vielleicht könnt Ihr uns ein paar Antworten geben."

Als die beiden zu den Überresten kamen, traut Dagorie seinen Augen kaum. Kein Stein steht mehr auf dem anderen. Nichts außer einer Schneise mit verbrannter Erde. Es ist ein schrecklicher Anblick, der sich den beiden offenbart. Die Dorfbewohner scheinen keine Chance gehabt zu haben. Es führten keine Spuren von Angreifern in die Dörfer, und es gab keine Spuren hinaus. Marreck fragt Dagorie: „Habt Ihr so etwas schon mal gesehen?" Traurig antwortet er ihm. „Ja, leider ist mir diese Art der Verwüstung bekannt. Als ich im Land der Gnome zu Besuch war, wurden diese von Drachen angegriffen, weil sie versucht hatten, Drachen-Feuer zu bekommen. Und sich zu tief in die Drachen-Lande wagten. Allerdings passen hier einige Fakten nicht überein. Die Drachen bleiben unter sich, sie haben kein Interesse an anderen Ländern. Zudem sind die Drachen-Lande viel zu weit entfernt. Die Drachen, die diese Distanz überwinden können, könnten keinen so verheerenden Schaden anrichten. Hier stimmt etwas nicht, Marreck. Die Drachen, die so einen Schaden verursachen, müssen immer wieder landen und können nicht so lange in der Luft bleiben. Hier gibt es aber weit und breit keine Spuren von ihnen. Ich nehme ein paar Erdproben, und ich benötige ein Labor, wo ich diese untersuchen kann." Marreck ist sehr erschrocken, noch nie hatte er einen Drachen gesehen geschweige denn, dass er wusste, dass es Wesen gibt, die solch einen Schaden anrichten können. Er sagt zu Dagorie: „Aber selbstverständlich, das Lazarett könnt Ihr nach Eurem Belieben benutzen, es gibt ohnehin keine Überlebenden. Die Wachen haben in der Nähe Runen gefunden, vielleicht wollt ihr euch diese mal anschauen." Verwundert schaute Dagorie ihn an. „Runen! Die Drachen benutzen so etwas nicht. Allerdings bin ich auch kein Experte, was Drachen angeht. Es gibt nur zwei, meines Wissens, die es lebend aus den Drachen-Landen wieder hinausgeschafft haben. Und eine Freundschaft mit dem Drachenkönig schließen konnten. Schickt einen Boten zum König. Ich werde hier die Hilfe der beiden benötigen." Marreck dachte in diesem Moment: *Es gibt nur zwei, die es wieder hinausgeschafft haben.* Er fragt Dagorie. „Wie heißen die beiden, die ihr benötigt?" Dagorie lächelte. „Ihr hättet den Geschichten Eures Vaters mehr Aufmerksamkeit schenken sollen. Oder meint Ihr, die knappe Rüstung, die Bekklec trägt, sei ihm zugeflogen? Sie besteht aus Drachenschuppen, genauso wie seine zwei Kurzschwerter. Geschmiedet in den Drachenbergen vom Drachenkönig höchstpersönlich." Marreck schluckt. „Ich hielt das für ein Märchen, das man kleinen Kindern erzählt. Wer ist der Zweite, der es schaffte, aus den Drachen-Landen wiederzukehren?" Dagorie lacht. „Ihr solltet nicht alles für ein Märchen halten. Es ist Fahayakla. Sie und Bekklec waren fast unzertrennlich damals. Sie vertrauten sich blind und waren immer füreinander da. Es war fast so, als würde jeder von ihnen wissen, was der andere denkt." Marreck fragte nach. „Warum gingen sie denn getrennte Wege?" Dagorie schaut ihn vorwurfsvoll an. „Das frag mal lieber deinen Vater. Jetzt komm, wir haben viel zu tun."

Im Lager angekommen, richtet sich Dagorie im Lazarett ein. Überall stehen kleine Flaschen und Phiolen herum. Er untersucht genauestens die Erdproben. Er schickt Sanitäter los, um einige benötigte Chemikalien zu suchen. Völlig vertieft in seine Arbeit, bemerkt er gar nicht, dass Marreck seinen Arbeitsbereich betritt. Schweigend schaute er Dagorie zu, wie er Notizen macht, immer wieder den Kopf schüttelt und vor sich hin murmelt. So hat er Dagorie noch nie gesehen. Er wusste nicht, ob es ein gutes Zeichen war oder ob er Angst haben sollte. Er räuspert sich. Dagorie, wie aus einer Trance erwachend, schaut ihn fragend an. Marreck ergreift das Wort. „Ich habe einen Boten zum König entsendet. Wollt Ihr Euch die Runen mal anschauen? Ich habe sie Euch mitgebracht." Marreck zieht ein kleines Ledersäckchen aus seiner Tasche und legt es Dagorie auf den Tisch. Dagorie nimmt den Beutel und breitet den Inhalt vor sich aus. Auf dem Tisch liegen fünf kleine Steine, auf denen Runen eingezeichnet sind, sie leuchten. Erschrocken macht Dagorie einen Schritt zurück. Er blickt Marreck ängstlich an und spricht: „Das ist unmöglich! Dies sind uralte Runen der Baumelfen. Sie hätten das Reich der Elfen nie verlassen dürfen. Sie sind den Elfen heilig und müssen um jeden Fall zurückgebracht werden. Ohne diese Runen wird der Lebensbaum der Elfen verwelken, und die Baumelfen werden sterben. Es ist nur eine Frage der Zeit." Dagorie packt hektisch die Runen ein. „Gebt dem König Bescheid, ich Reise sofort in das Reich der Baumelfen. Hier ist eine Intrige im Gange." Marreck nickt und spricht: „Wollt Ihr nicht Eure Arbeit hier beenden? Damit wir herausfinden, wer dahintersteckt." Dagorie, immer noch voller Angst um die Baumelfen, antwortet ihm. „Wartet auf Bekklec und Fahayakla, sie werden wissen, was zu tun ist und wer dahintersteckt. Sobald ich im Reich der Baumelfen fertig bin, begebe ich mich ins Schloss zum König. Dort werden wir uns treffen und der Sache auf den Grund gehen." Marreck wendet ein: „Wenn dieser Angriff von den Elfen verübt wurde, rennt ihr blindlings in eine Falle. Dies kann ich nicht billigen." Dagorie schreit wütend Marreck an. „Geht mir aus dem Weg und macht das, was ich Euch sage. In diesem Fall gibt es keine Diskussion und keine Zeit zu verlieren." Dagorie schubst Marreck zur Seite. Eilt hinaus, springt auf ein Pferd und reitet wie von Sinnen in Richtung des Baumelfen-Reiches. Marreck ist völlig überrumpelt von der Reaktion von Dagorie. So hat er ihn noch nie erlebt. Wenn die Lage so ernst ist, stehen dunkle Zeiten bevor. Als Dagorie spät in der Nacht an der Grenze zu den Baumelfen ankommt, springt er von seinem völlig erschöpften Pferd. Rennt blindlings an den Wachen vorbei, die die Grenze beschützen. Er wirbelt mit seiner Hand in der Luft herum. In seiner Hand hält er das Zeichen des Königs, das er normalerweise um den Hals trägt. Woraufhin das verschlossene Tor aufspringt. Dahinter öffnete sich ein Portal, durch das er rennt und verschwindet. Die Wachen haben so etwas noch nie gesehen und können sich auch keinen Reim darauf machen. Sie schicken eine Brieftaube zum König, in der steht: Ein Mann mit Siegel des Königs ist in das Baumelfen-Reich gegangen, und als dieser die Grenze überschritten hat, ist er in einem Portal verschwunden.

Bekklec wird gerufen

Arentor und Arentee warten ungeduldig im Schloss auf Botschaft von Dagorie und Marreck, als ein Bote völlig außer Atem in den Thronsaal kommt. „Mein König, Dagorie ist eingetroffen. Das Ausmaß der Verwüstung lässt darauf schließen, dass es ein Drachenangriff sein könnte." Arentor und Arentee schauen sich entsetzt an, als der Bote fortfährt. „Da es allerdings keine sonstigen Spuren von Drachen gibt, vermutet Dagorie einen Vertuschungsversuch. Er denkt, uns wolle jemand auf die falsche Fährte führen. Er untersucht Bodenproben und hat um die Hilfe von Bekklec und Fahayakla gebeten. Wir haben auch Runen in der Nähe gefunden. Die bislang aus unbekannter Herkunft sind." Arentor überlegt und greift sich mit der Hand an sein Kinn, wobei er seinen langen Bart zusammenpresst. Er spricht zu Arentee. „Drachen benutzen keine Runen. Ich befürchte, Dagorie hat recht. Etwas Merkwürdiges geht hier vor." Arentee fragt Arentor. „Soll ich Bekklec aufsuchen?" Arentor schüttelt den Kopf. „Bekklec, der Sturkopf, solange ich seinen Bruder nicht heimkehren lasse, wird er uns nicht von Nutzen sein. Er hat zwar einen recht ansehnlichen Einflussbereich, den man nicht ignorieren sollte. Aber er durstet nach Macht, und da ist noch die Sache mit Fahayakla." Verwundert spricht Arentee zu seinem Vater. „Was ist mit ihr? Die beiden sind doch Helden des Königreichs, zwei der sogenannten Schatten von Selmir. Warum sollten sie Eurem Ruf nicht Folge leisten?" Arentor lässt den Kopf hängen. „Ich vergaß, dass du Fahayakla nie begegnet bist. Als ich die Magie verbot, mussten nicht nur Beckzusir und Cheppard das Land verlassen. Fahayakla ist eine mächtige Hexe. Die mit Bekklec verheiratet ist. Sie wollte das Land nicht verlassen, da sie auf Bekklec angewiesen ist. Dadurch, dass sie ihre

Kräfte nicht mehr einsetzen durfte, verstarb sie. Bekklec hat sie beerdigt, und nur er weiß wo. Er ist mir nach wie vor treu. Doch verständlicherweise steht da so einiges zwischen uns." Fragend schaut Arentee zu ihm. „Wenn sie verstorben ist, wieso fragt Dagorie nach ihr?" Arentor schaut ihn mit traurigem Blick an und legt seine Hand auf Arentees Schulter. „Solange Bekklec lebt, kann Fahayakla nicht sterben. Eines Tages wirst du es verstehen. Warten wir ab, was Dagorie herausfindet."

Am späten Nachmittag kommt ein zweiter Bote in den Thronsaal. „Mein König, Dagorie hat die Runen untersucht. Es sind die heiligen Runen vom Lebensbaum der Baumelfen. Er machte sich mit den Runen auf den Weg ins Baumelfen-Reich. Marreck hält die Stellung im Grenzland und wartet auf das Eintreffen von Bekklec und Fahayakla. Laut Dagorie wissen die beiden, was zu tun ist." Arentor springt auf. „Die Runen des Lebensbaumes! Entsendet Truppen, sie sollen das Baumelfen-Reich beschützen. Öffnet die Grenzen zum Reich der Baumelfen. Schickt Heiler und bringt Dagorie seine Ausrüstung. Eile ist geboten, hoffentlich ist es nicht zu spät." Arentor dreht sich zu Mattias, der mittlerweile zum königlichen Boten befördert worden ist. „Geht in den östlichen Stadtteil. Dort befindet sich die Taverne des Mondes. Unterrichtet Bekklec über die Lage. Ich wünsche ihn unverzüglich zu sprechen." Mattias nickt und macht sich mit eiligem Schritt auf den Weg. Arentee fragt seinen Vater: „Könntet ihr mich aufklären, was hier geschieht?" Arentor geht mit hastigem Schritt an ihm vorbei, ohne ihn eines Blickes zu würdigen. „Folg mir, schnell." Im Artefakt- Raum angekommen, sehen die beiden die Statur von Elena an, der Kristall, den der König einst von Beckzusir bekam, hatte sich rot verfärbt. Arentor fällt auf die Knie und stützt sich mit beiden Armen auf dem Boden ab und spricht zu Arentee. „Ich befürchte das Schlimmste. Wir haben viel zu bereden."

Als Mattias die Taverne des Mondes betritt, steht eine kleine zierliche Bedienung vor ihm. Sie ist spärlich bekleidet, sodass man ihre Vorzüge genauestens betrachten kann. Um den Hals und um die Handgelenke trägt sie schwere Metallringe, die mit

Ösen versehen sind. Man sieht, dass ein viel zu eng geschnürtes Leder-Korsett ihr das Atmen schwermacht. Lächelnd spricht sie zu Mattias. „Willkommen in der Taverne des Mondes, mein Name ist Ludmilla. Setzt Euch, was kann ich Euch zu trinken bringen?" Mattias erinnerte sich an die Gastfreundschaft in dem Hause von Dagorie. „Vielen Dank, Ludmilla, ich bin auf Geheiß des Königs hier und auf der Suche nach dem Schatten von Selmir namens Bekklec." Ein plötzliches Schweigen durchdrängte die Taverne, und die Musik hörte auf zu spielen. Im dunkelsten Eck sieht man auf einmal zwei gelbe Augen aufgehen. Mattias konnte nur Umrisse der Person erkennen, die dort sitzt. „Setzt Euch zu mir. Ihr habt mich gefunden." Mattias tat wie ihm befohlen wurde und setzt sich. Als er gerade anfangen wollte zu berichten, wird er von Ludmilla unterbrochen. „Und was darf ich euch beiden zu trinken bringen?" Mattias antwortet: „Schweig still, Weib", als er plötzlich ein Messer, das von Bekklec geführt wird, an seiner Kehle spürte. Bekklec spricht. „Wähle deine nächsten Worte mit Bedacht, die du an meine Sklavin richtest." Ludmilla fuhr mit ihrer Hand durch Mattias Haar. Ein schmutziges Grinsen überfiel sie, als sie Mattias Haar am Hinterkopf nach unten zog, sodass Mattias den Kopf nach hinten legen muss. Sie schaut Mattias tief in die Augen, als sie zu Bekklec spricht. „Mein Herr, so ein stattlicher Bote des Königs. Vielleicht dürfte ich mich etwas mit ihm amüsieren." Bekklec lacht und willigt ein. „Tu dies, ich werde zum König gehen." Ludmilla zerrt Mattias an den Haaren ins Hinterzimmer. Die Musik fängt wieder an zu spielen, und die übrigen Gäste führen ihre Unterhaltungen weiter. Bekklec macht sich auf den Weg ins Schloss.

Arentor seufzt, als Bekklec mit weit geöffneten Armen durch den Thronsaal stolziert und mit selbstsicherer Stimme spricht. „Hat mein König endlich seine Fehler eingesehen? Wird mein Bruder nach so langer Zeit wieder willkommen sein? Und wird meine Frau endlich von ihrem trostlosen Dasein befreit? Ich bin Eurem Ruf gefolgt, wie Ihr es gewünscht habt, hier bin ich und stehe vor Euch. Jetzt seid Ihr am Zug." Arentor sieht sichtlich genervt aus. „Bekklec, schön, euch zu sehen. Hat mein Bote Euch über die Gegebenheiten informiert?" Bekklec lächelt und spricht mit hämischer Stimme. „Aber mein König, Ihr wisst doch, dass ich meine eigenen Informanten habe. Dennoch, habt vielen Dank für den Boten. Ludmilla amüsiert sich gerade etwas mit ihm." Arentor schüttelt den Kopf und seufzt wieder. „Folgt mir in den Artefakt–Raum, ich muss Euch etwas zeigen." Dort angekommen, fällt Bekklec auf, dass die Ausrüstung von Dagorie fehlt. Er sieht den rot gefärbten Kristall von seinem Bruder. Arentee spricht zu ihm. „Er hat sich verfärbt, kurz nachdem wir die Nachricht erhalten haben, dass Dagorie sich mit den Runen des Lebensbaumes ins Baumelfenreich aufmachte. Wisst Ihr, was das zu bedeuten hat?" Bekklecs Stimmung kippt. „Natürlich weiß ich das. Er ist bewusstlos, aber am Leben. Mein Bruder braucht Hilfe." Bekklec dreht sich zum König und zeigt mit dem Finger auf ihn. „Das ist nur Eure Schuld. Ihr und Eure engstirnigen Entscheidungen." Arentor und Bekklec fangen an zu streiten. Es dauert die ganze Nacht. Dies tat es immer, seit der König die Magie verboten hatte. Die beiden sind wie zwei kleine sturköpfige Kinder, wenn sie anfangen zu streiten.

Am nächsten Morgen, als die Sonne aufgeht, werden sie von Mattias unterbrochen. Er kommt mit breitbeinigem Gang gebeugt und humpelnd in den Artefakt-Raum. Seine Uniform ist zerrissen und hängt nur noch in Fetzen an ihm. Mit hellerer Stimme, als er sie sonst hat, spricht er: „Mein König, ich tat wie mir geheißen." Bekklec lacht, als er ihn sieht. „Schau an, ein Überlebender! Ihr seid härter im Nehmen, als ich vermutete." Erwartungsvoll schaut Bekklec Arentor an. Der eingesteht: „Na gut, ich erlaube den Schatten von Selmir Magie zu wirken und heimzukehren. Solange sie dem Königreich treu ergeben sind und dem Reich keinen Schaden zufügen." Zufrieden, einen jahrzehnte langen Streit gewonnen zu haben, geht Bekklec zu seiner Rüstung, die im Raum aufgehängt ist. Er zieht eines seiner Kurzschwerter heraus. Geht auf das Amulett von Fahayakla zu. Richtete die Spitze des Kurzschwertes darauf und schließt die Augen. Man sieht, wie kleine rote Flammen auf dem Schwert entstehen, über die Klinge tänzeln und im Amulett verschwinden.

Das daraufhin anfängt zu leuchten. Bekklec nimmt das Amulett und gibt es Mattias. Er geht zu einer Karte im Raum, wo die Aufenthaltsorte der Schatten markiert sind. Er zeigt auf eine kleine Insel vor der Küste des Reiches und sagt: „Geh auf diese Insel. Dort gibt es einen Baum. Darunter liegt eine Höhle, in der Fahayakla liegt. Legt ihr das Amulett an, und sie wird wiedererwachen. Ich werde mich ins südliche Grenzland begeben und dort auf sie warten." Mattias schaute den König an, der sagt: „Tut es und zieht Euch vorher um." Mattias humpelt aus dem Artefakt-Raum, als Bekklec ihm lachend nachruft: „Und nehmt einen sehr weich gepolsterten Sattel." Bekklec zieht seine Rüstung an. Sie besteht hauptsächlich aus einem roten Brustpanzer. An den Unterarmen sowie an den Schienbeinen trägt er leichte Panzerungen, schwarze Handschuhe mit kleinen roten Panzerplatten an seinen Fingerknöcheln. Einen schwarzen Kapuzen-Umhang mit Ärmel. An seiner Hüfte zwei Kurzschwerter. Als er fertig ist, sagt er zum König: „Ich begebe mich ins südliche Grenzland und schaue, was Dagorie herausgefunden hat. Sucht meinen Bruder und helft ihm." Der König nickt, und Bekklec macht sich auf den Weg.

Als Bekklec in den südlichen Grenzländern ankommt, begrüßt ihn Marreck. „Seht an, Ihr seid dem Ruf des Königs gefolgt, und Eure Rüstung tragt ihr auch. Habt Ihr mir Neuigkeiten aus Nefesto mitgebracht?" Wütend antwortet ihm Bekklec. „Ihr seid ein Narr, Marreck. Das Baumelfenreich wird angegriffen, mein Bruder ist wahrscheinlich dort und bewusstlos. Und Ihr lasst Dagorie alleine, ohne seine Ausrüstung, gehen, während Ihr tatenlos zuseht und zwei Dörfer bewacht, die nicht mehr zu retten sind. Der König entsendet Truppen, um das Baumelfen-Reich zu beschützen. Folgt ihnen und macht Eurem Namen wieder Ehre. Sobald ich hier fertig bin, schicke ich Euch Eure Truppen nach. Die Ihr hier so sinnlos positioniert habt." Sichtlich überrumpelt steht Marreck da. Er würde gerne Bekklec widersprechen, doch so sehr er es auch will: Er muss Bekklec recht geben. Marreck geht zu einem der Offiziere und überträgt das Kommando an Bekklec. Dann schickt er einen Boten los, der den König informieren soll, und macht sich auf den Weg ins Baumelfen-Reich.

Bekklec geht an Dagories Arbeitsplatz und studiert dessen Notizen. Nachdem er alles begutachtet hatte, geht er in die zerstörten Dörfer und fängt an zu meditieren. Die Soldaten trauen sich nicht, ihn zu stören, denn seine blutrote Aura wird um ihn herum sichtbar und leuchtet, sodass eines der Dörfer in rotem Licht erstrahlt.

Dagorie im Baumelfen-Reich

In der Mitte des Baumelfen-Reiches steht der Lebensbaum. Er ist der größte Baum im Reich mit weißer Rinde und grünen Blättern. Beckzusir kniet vor ihm, seine Arme sind weit nach oben gestreckt in Richtung des Baumes. Blaues Licht kommt aus seinen Händen und scheint in Richtung Baum. Neben Beckzusir liegen zwei Elfen-Magier bewusstlos am Boden, als sich ein Portal hinter Beckzusir öffnet. Dagorie tritt heraus und traut seinen Augen kaum, was er dort sieht. Er geht geschwind zum Fuße des Stammes und setzt die Runen wieder in ihre speziell vorgesehene Stelle ein. Das Licht aus Beckzusirs Händen hört auf zu strahlen, und er bricht zu Boden. Dagorie eilt zu ihm, fällt auf die Knie, nimmt ihn in den Arm und spricht: „Nein, nein, nein! Beck, was hast du getan!" Dagorie zieht ihm seine Maske aus, die zu seiner Schreckenssaat-Rüstung gehört. Kramt in seinen Taschen und zieht ein Flächen mit einer grün leuchteten Flüssigkeit hervor. Diese kippt er vorsichtig in Beckzusirs Mund. Kurz darauf wacht einer der Elfen-Magier erschöpft und schwach auf und spricht: „Er hat den Baum am Leben gehalten, und das seit Wochen." Dagorie sagt zu ihm: „Ruht euch aus, ich werde den Lebensbaum verteidigen, bis ihr wieder kräftig genug seid." Es dauert Stunden, bis die Elfen-Magier noch mal zu Bewusstsein kommen. Dagorie weicht nicht von der Seite von Beckzusir und dem Lebensbaum. Dagorie fragt die Magier: „Was ist hier passiert? Was geht hier vor sich?" Einer der Magier antwortet ihm: „Wir wissen es selbst nicht genau. Jemand hat es geschafft, unbemerkt zum Baum zu gelangen und die Runen zu stehlen. Danach fielen die Baumelfen in einen tiefen Schlaf. Normalerweise wären wir gestorben, hätte Beckzusir den Baum mit seiner Magie nicht am Leben gehalten." Dagorie fragt nach. „Woher wusste

Beckzusir, dass ihr Hilfe braucht?" „Als euer König die Grenzen verschlossen hat und die Magie in Selmir verboten hatte, kamen er und Elena in unser Reich, um Zuflucht zu finden. Er hat mitbekommen, wie wir in den Schlaf gefallen sind." Sichtlich erleichtert fragt Dagorie: „Elena ist also auch hier, wo ist sie?" „Im Palast des Königs, sie hält die Schutz-Zauber aufrecht, um das Baumelfen-Reich zu beschützen." Dagorie, der sichtlich beruhigter ist, sagt: „Nun gut, ruht euch noch etwas aus, wir warten, bis Verstärkung eintrifft. Ihr seid noch sehr geschwächt."

Erst am nächsten Morgen können die Magier wieder aufrecht stehen und ihre Posten am Lebensbaum einnehmen. Beckzusir ist immer noch bewusstlos, und Dagorie weicht ihm nach wie vor nicht von der Seite, als plötzlich ein Portal aufgeht und Wachen des Baumelfen-Reiches herauskommen. Sie beziehen Stellung am Lebensbaum. Zwei der Wachen kommen mit einer Trage auf Dagorie zu. „Unser König erwartet Euch." Sie legen Beckzusir auf die Trage. Und zusammen gehen sie durch das Portal in den Palast des Baumelfen-Königs.

Sie kommen in einem weißen Schlafzimmer wieder heraus. Dort im Bett liegt Elena. Bewusstlos, so wie ihr Ehemann. Sie trägt auf der Wange ein blau leuchtendes Mal, das Elfen bekommen, wenn sie ein Kind gebären. Vor dem Bett steht eine Wiege, in der ein Baby friedlich schläft. Sie legen Beckzusir neben Elena ins Bett, und zugleich kommen Heiler, die sich um ihn kümmern. Übermüdet und erschöpft nimmt sich Dagorie einen Stuhl und setzt sich. Eine Heilerin spricht zu ihm. „Unser König erwartet Euch, Ihr könnt hier nichts tun." Doch Dagorie widerspricht. „Ich werde nicht von der Seite meines alten Freundes weichen, bis er wieder zu sich gekommen ist." Die Heilerin hat Verständnis und sagt: „Wir werden es dem König ausrichten." Einige Zeit später kommt der sichtlich angeschlagene Baumelfen-König Metepho in das Zimmer und spricht: „Und wieder müssen wir uns beim Gott der Diplomatie und des Schlichtens für unsere Rettung bedanken." Lächelnd begrüßen sich die zwei mit einer Umarmung. Dagorie sagt: „Bitte nennt mich nicht so. Das bin ich schon lange nicht mehr. Was ist geschehen? Seit

Selmir die Grenzen verschlossen hat, habe ich nicht mehr viel mitbekommen." Metepho antwortete ihm. „Auch ein isolierter Gott ist immer noch ein Gott, auch wenn Ihr es vielleicht nicht seht, aber Ihr könnt es nicht abstreiten. Nun einige Zeit nach den Kriegen haben die Trolle wieder angefangen zu plündern und andere Länder zu überfallen. Wir vermuten, dass sie mittlerweile eine Art Schamanen haben, die wenn auch instabile Portale öffnen können. Ihnen wird es gelungen sein, die Runen zu stehlen. Noch immer treiben sich vereinzelte Trolle in unseren Wäldern herum. Während Beckzusir den Lebensbaum am Leben gehalten hat, hat Elena die Schutzzauber aufrechtgehalten, die uns vor den Trollen beschützten. Das hat sie sehr geschwächt, während wir in den Schlaf gefallen sind. Als wir erwachten, fiel sie in den Schlaf. Unsere Späher haben berichtet, dass Marreck die Grenze überschritten hat und Arentor die Grenzen zu unserem Reich geöffnet hat. Sagt mir, hat Selmir vor, unser Reich einzunehmen?" Dagorie beruhigt ihn. „Nein, er hat kein Interesse, sein Königreich zu erweitern. Ich denke, er wird euch Hilfe schicken. So, wie er es einst schon einmal getan hat." Sichtlich erleichtert sagt Metepho: „Habt vielen Dank. Wir können im Augenblick die Hilfe von Selmir gut gebrauchen. Das Baumelfen-Reich ist zurzeit sehr angeschlagen durch die Trolle. Um ehrlich zu sein, ist es auch für Elena und ihr Kind nicht mehr sicher. Ich würde die beiden gerne nach Nefesto bringen lassen, um sie in Sicherheit zu wissen." Dagorie denkt nach und antwortet: „Das wird ihr aber gar nicht gefallen, meines Wissens nach darf Beckzusir immer noch nicht zurückkehren." Metepho erwiderte: „Sie wird mir diesen Fauxpas verzeihen müssen. Sie ist jederzeit bei uns willkommen. Nur angesichts der Umstände halte ich es im Moment für sicherer." Schließlich willigt Dagorie ein. Zwei Heilerinnen und eine Hebamme kommen in das Zimmer. Sie legen Elena auf eine Trage und nehmen das Baby. Sie verschwinden in einem Portal, das Metepho öffnet. Dagorie fragt Metepho: „In Selmir wurden zwei Dörfer mit Drachenfeuer zerstört, dort fand ich auch die Runen des Lebensbaumes. Könnt Ihr mir vielleicht sagen, was es damit auf sich hat?" Bestürzt denkt Metepho nach, bevor er Dagorie antwortet. „Wenn es wirklich Drachenfeuer war, könnte ich mir nur vorstellen, dass die Trolle auch in die Drachenlande eingefallen sind. Sie benutzen ihre instabilen Portale vielleicht auch zur Verteidigung. Das könnte erklären, wieso die Runen in Selmir aufgetaucht sind. Sollte das der Fall sein, müssen wir sehr vorsichtig vorgehen. Die restlichen Länder könnten sich im Krieg befinden." Dagorie sagt mit nachdenklicher Stimme: „Ja, es ist Vorsicht angebracht. Ich werde mich ausruhen, bis Marreck eingetroffen ist. Er wird wissen, wie wir das Baumelfen-Reich wieder stabilisieren können. Er ist ein außergewöhnlicher Stratege." Neugierig fragt Metepho: „Ist er ein Gott so wie Ihr und die anderen Schatten?" Dagorie antwortet ihm: „Wir sind schon lange keine Götter mehr, wann seht ihr es endlich ein? Und nein, Marreck ist der Sohn des Königs, und er führt das Heer an." Enttäuscht über die Antwort, geht Metepho aus dem Raum. Dabei sagt er noch: „Wenn Ihr kein Gott seid, wieso kenne ich euch schon von Geburt an? Schließlich bin ich zwölfhundert Jahre alt. Älter, als es jeder aus dem Reich Selmir werden kann." Er verlässt den Raum, bevor Dagorie etwas sagen kann. Seufzend schläft er in dem Stuhl ein, auf dem er sitzt.

Am nächsten Morgen bringen zwei Elfen ihm etwas zu essen. Er bedankt sich herzlich, als sie ihn ansehen und sagen: „Wir danken Euch, Gott der Diplomatie und des Schlichtens. Ihr habt unser Leben gerettet." Entmutigt sagt Dagorie: „Bitte nennt mich nicht so, ich bin kein Gott mehr, und das nicht erst seit gestern." Die Elfen erwidern: „Nun, auch wenn Ihr es nicht einseht, in unserem Reich seid Ihr nach wie vor ein Gott. Wir sollen euch informieren, dass Prinz Marreck eingetroffen ist. Er ist gerade mit dem König dabei, die Truppen in Stellung zu bringen, die Arentor geschickt hat." Die Elfen verlassen wieder das Zimmer. Gegen Mittag kommen Metepho und Marreck herein. Metepho fragt Dagorie: „Wie geht es dem Gott des Lichtes heute?" Fragend schaut Marreck Dagorie an, der Metepho antwortet: „Beckzusir ist noch nicht erwacht. Er wird noch einige Zeit brauchen, um sich zu erholen." Marreck fragt Dagorie: „Wie geht es Euch, seid ihr wohlauf?" „Ja, Marreck, bin ich, danke, dass ihr zu Hilfe gekommen seid. Hat euch Metepho über alles in Kenntnis gesetzt? Auch mit Elena?" Marreck antwortet ihm: „Ja, aber ich frage mich, warum er Beckzusir Gott des Lichtes nennt." Metepho antwortet ihm geschwind: „Weil er der Gott des Lichtes ist. So wie Dagorie der Gott der Diplomatie und des Schlichtens ist." Dagorie seufzt. „Das sind wir nicht, Marreck, lass dir keine Märchen aufbinden." Metepho ergreift wieder das Wort. „Marreck, kennt Ihr zufällig die Friedensverträge, die nach den Kriegen zwischen dem Baumelfen-Reich und Selmir geschlossen wurden und bis heute gültig sind?" Marreck antwortet: „Ja, die kenne ich, mein Vorfahre hat sie unterschrieben, sie sind ca. zweitausend Jahre alt." Mit einem Lächeln gibt Metepho ihm zu verstehen: „Und Ihr habt Euch nie gewundert, dass Dagorie diese aufgesetzt und formuliert hat?" Völlig irritiert schaut Marreck Dagorie an und antwortet: „Nein, das war mir bislang nicht bekannt. Das müsst Ihr mir bei Gelegenheit genauer erläutern. Wir sollten den beiden Göttern ihre Ruhe lassen. Wir müssen noch ein paar Trolle aus den Wäldern verjagen." Die beiden gehen aus dem Zimmer. Dagorie rollt mit den Augen und sagt zu Beckzusir, der immer noch bewusstlos ist: „Dieser Metepho, wie habt Ihr das so lange ausgehalten? Und was hat Elena zu unserer Herkunft gesagt?"

Die Hexe erwacht zum Leben

Es ist eine lange und beschwerliche Reise, die Mattias macht. Er ist immer noch sichtlich angeschlagen von Ludmilla. Er weiß selbst nicht, ob er sich davon erholen wird. Das Brandzeichen, das sie ihm auf die Brust verpasst hat, schmerzt immer noch. Zudem weiß er auch nicht, was es bedeutet. Er kommt an die Küste des Königreiches. Es sind sehr hohe Klippen. Eine schmale Treppe führt zu einem kleinen Steg, an dem ein kleines Boot befestigt ist. In der Ferne kann er die kleine Insel sehen, die ihm Bekklec auf der Karte gezeigt hat. Er beschließt, die schmale Treppe zum Steg hinunter zugehen. Am Ende des Steges steht ein kleines Mädchen mit schwarzen langen Haaren und weißem Kleid. Als er zu ihr kommt, sagt es: „Ihr könnt nicht weitergehen. Auf der Insel ist eine Hexe, die in Ruhe gelassen werden will." Mattias versucht ihr zu sagen: „Geh nach Hause, kleines Fräulein. Ich muss." Als das kleine Mädchen anfängt zu schweben und ihn mit einer Handbewegung über den Steg zurück zur Treppe schleudert, unterbricht es ihn und sagt: „Ihr könnt nicht weitergehen." Mattias, der vor der Treppe zu Boden geht, steht wieder auf und klopft sich den Schmutz von seiner Uniform. Er murmelt: „Verdammter Bekklec, das hat der doch genau gewusst." Er geht wieder zu dem Mädchen. Ohne ein Wort zu sagen, zieht er das Amulett aus der Tasche und hält es ihr vor das Gesicht. Das Mädchen lächelt, schaut ihn an und sagt: „Warum habt Ihr das nicht gleich gesagt?" Die Kleine löst sich auf und verschwindet im Wind. Mattias steckt das Amulett wieder ein und steigt in das Boot. Er löst die Leine. Woraufhin das Boot knappe fünf Meter vom Steg in Richtung Insel schwimmt. Dann bleibt es auf dem Wasser stehen. Mattias schaut sich im Boot um und schreit: „Im Ernst jetzt! Keine Paddel!" Völlig genervt rudert er mit seinen

Armen im Wasser herum, um das andere Ufer zu erreichen. Man bemerkt, dass Mattias nicht schwimmen kann. Als er nach unendlichen Stunden den anderen Steg erreicht, befestigt er das Boot daran. Als er aussteigt, sieht er auf dem Steg zwei Paddel liegen. Mit halb geöffneten Augen sagt er: „Das war so was von klar, verdammter Bekklec." Wer hätte es auch sonst sein sollen, da Bekklec der Letzte war, der die Insel betreten hat. Mattias geht eine kleine Treppe hoch, die vom Steg aus auf die Insel führt. Als er oben ankommt, kann er über die komplette Insel sehen. Sie ist mit hoch gewachsenem Gras bedeckt. In der Mitte steht ein Baum, und davor ist der Eingang zu einer Höhle. Ganz so, wie es Bekklec beschrieben hat. Vorsichtig geht Mattias in die Höhle, die zu einem großen Raum führt. An den Wänden kann man die Wurzeln des Baumes sehen, der darüber steht. In der Mitte des Raumes steht ein Altar aus Steinen. Darauf liegt ein Skelett. An allen vier Ecken des Altars stehen Kerzenständer mit halb abgebrannten Kerzen. Mattias denkt sich: *Es wäre viel zu spät, da von Fahayakla nur noch das Skelett übrig ist.* Er entzündet die vier Kerzen, um ihr noch einmal die Ehre zukommen zu lassen. Als er wieder gehen will, legt er das Amulett um, das, was von ihrem Hals noch übrig ist. Als er das macht, wird er von Wurzeln an Knöcheln und Handgelenken gepackt, die ihn mit dem Rücken zur Wand pressen. Er sieht, wie sich Organe, Fleisch und Haut an Fahayakla bilden. Als sie wieder völlig hergestellt ist, steht eine wunderschöne Frau mit roten langen Haaren und feuerroten Augen nackt vor Mattias. Er spricht zu ihr: „Hallo, schön, Euch zu sehen. Bekklec erwartet Euch in den südlichen Grenzländern. Wenn Ihr so freundlich wärt und mir eventuell aus dieser misslichen Lage zu helfen?" Verführerisch geht Fahayakla auf Mattias zu und sagt: „Keine Sorge, ich weiß genau, wo mein Gemahl ist. Ich benötige nur noch eine Kleinigkeit von Euch. Ich bin noch etwas geschwächt nach diesem langen Schlaf." Er will ihr gerade antworten, als eine weitere Wurzel seinen Mund wie einen Knebel verschließt. Fahayakla sagt zu ihm: „Entspannt Euch, ich hole mir, was ich brauche." Und reißt ihm die Uniform vom Leib. Sie schmiegt sich an ihn und fährt mit der Hand von seiner Brust in Richtung Leiste. „Oh, wie ich sehe, seid Ihr von Ludmilla gezeichnet. Dann weiß ich, was ihr bevorzugt." Sie fängt an, genauso schmutzig zu lächeln wie einst Ludmilla. Durch den Knebel von Mattias hört man ein verstummtes „Oh nein, bitte, bitte nicht!" Als Fahayakla mit ihm fertig ist, lässt sie ihn bewusstlos am Boden zurück. Sie steigt aus der Höhle, streckt sich zufrieden und atmet tief ein. Dann löst sie sich auf und verschwindet im Wind.

Im südlichen Grenzland haben sich ein Paar Soldaten vor dem Dorf versammelt, wo Bekklec immer noch meditiert. Die Soldaten erschrecken, als plötzlich Fahayakla nackt neben ihnen steht und fragt: „Was gibt es da zu sehen?" Erschrocken mustern die Soldaten die nackte Frau, als diese erneut fragt. „Was ist, was habt ihr?" Wie aus dem Nichts steht Bekklec vor ihnen und sagt: „Sie sind es nicht gewohnt, dass sich nackte schöne Frauen zu ihnen gesellen." Fahayakla zuckt mit den Schultern und merkt an: „Dann bekommen die Soldaten also nur hässliche Frauen! Kein Wunder, dass ihr euch immer die Köpfe einschlagt." Bekklec zieht eines seiner Kurzschwerter heraus und ritzt sich in den Unterarm. Aus der kleinen Wunde tritt eine leuchtende grüne Flüssigkeit heraus statt Blut. Er hält seinen Unterarm Fahayakla hin und sagt: „Trinkt, Liebste, ich merke, Ihr seid noch nicht bei vollen Kräften." Glücklich lächelnd, mit gierigem Blick, sagt sie: „Danke, Liebster, das wird mir helfen." Sie führt die Wunde von Bekklec zu ihrem Mund. Während sie genüsslich trinkt, fragt sie: „Was haben die denn?" Und zeigt mit dem Finger auf die Soldaten. Bekklec erklärt: „Du hast dreißig Jahre geschlafen. Die Soldaten sind das nicht mehr gewohnt. Sie kennen so was wie die Schatten von Selmir nicht mehr." Als Fahayakla ausgetrunken hat, hüllt sie sich kurz in schwarzen Rauch. Als dieser verschwindet, steht sie barfuß in einem kurzen, schulterfreien schwarzen Kleid da. Auf dem Kopf trägt sie ein Diadem, an dem ein Halbmond zu sehen ist, der mit den Spitzen nach oben zeigt. Sie wirbelt glücklich über die Wiese, als sie vor dem verbrannten Dorf haltmacht, die Hände in die Hüften stemmt und zu Bekklec und den Soldaten sagt: „Oh, die Drachen wachsen und gedeihen, die machen sich gut. Aber sagt mir, warum haben sie die Dörfer zerstört?" Bekklec antwortet ihr. „Das müssen wir herausfinden. Liebste, könnt Ihr meinen Bruder sehen? Ich Sorge mich um ihn." Sie dreht sich ein paarmal im Kreis, bevor ihr Blick in Richtung Baumelfen-Reich stehen bleibt. Sie antwortet Bekklec. „Er ist im Palast von König Metepho, er schläft und sammelt seine Kräfte. Dagorie, die Spaßbremse, wacht über ihn." „Und wo ist Elena?", fragt Bekklec. Fahayakla dreht sich wieder im Kreis, als sie mit Blickrichtung nach Nefesto stehen bleibt. „Sie wird von Elfen ins Schloss gebracht. Das arme Ding hat sich anscheinend völlig verausgabt. Es wird noch ein paar Tage dauern, bis sie aufwacht." Freudig fängt Fahayakla an zu springen. „Sie hat unseren Neffen bei sich! Wie schön, wir sind Tante und Onkel. Das hättest du mir gleich sagen können." Freudig blickt Bekklec seine Frau an. „Liebste, das habe ich selbst nicht gewusst." Fahayakla lässt sich in die Arme von Bekklec fallen. „Ich will ihn sehen, bitte, bitte, bitte, Liebster. Können wir zu ihm?" Bekklec antwortet: „So gern ich das auch wollte, wir müssen zuerst in die Drachenlande, unsere Pflicht ruft." Bekklec befiehlt den Soldaten, ins Baumelfen-Reich zu gehen, um Marreck zu unterstützen. Eingeschnappt sagt Fahayakla: „Oh Mann! Ich dachte, wir könnten uns wenigstens noch ein wenig mit den Soldaten amüsieren. Tolles Wiedererwachen!" Fahayakla und Bekklec lösen sich auf und verschwinden im Wind. Die Soldaten stehen noch eine Zeitlang da, um zu begreifen, was sie gerade erlebt haben. Als sie wieder zu sich kommen, packen sie alles zusammen und machen sich auf den Weg in Richtung Baumelfen-Reich.

Währenddessen im Schloss

Arentee eilt zu Arentor. „Vater, es gibt Neuigkeiten. Marreck ist nach Bekklecs eintreffen Dagorie ins Baumelfen-Reich gefolgt." Wenig verwundert sagt Arentor: „Ja, dachte ich mir schon. Das ist Bekklecs Art, sich an mir zu rächen, er weiß, dass ich nicht will, dass einer von euch das Königreich verlässt. Fahrt fort, konnte Bekklec etwas herausfinden?" „Nein, Vater. Diesbezüglich ließ er nichts von sich hören. Wir haben die Grenze zum Baumelfen-Reich geöffnet und Truppen entsandt. Nahe der Grenze fanden wir vereinzelt Trolle, die anfingen, die Grenze anzugreifen." Verwundert spricht Arentor: „Trolle! Diese dürren, langen, blauhäutigen dummen Wesen! Die sollen froh sein, dass wir sie damals nicht ausgerottet haben. Warum greifen die unsere Grenze an?" „Das wissen wir nicht, Vater. Wir wissen auch nicht, was sie überhaupt im Baumelfen-Reich zu suchen haben. Marreck wird uns mehr sagen können, wenn er zurückkehrt." Nachdenklich sagt Arentor: „Ja mit ein paar Trollen sollte er fertig werden. Gibt es etwas Neues von Dagorie?" Arentee schüttelt den Kopf und sagt: „Unsere Späher haben drei Elfen gesehen mit einer Frau und ihrem Kind. Sie sind auf dem Weg hierher, vielleicht bringen sie Neuigkeiten mit." Arentor sieht besorgt aus, er murmelt vor sich her: „Das ist merkwürdig, sehr merkwürdig." Er spricht zu Arentee. „Nun gut, warten wir ab, was sie zu berichten haben. Geht und lasst mich allein, ich muss nachdenken. Dies sind sehr seltsame Zeiten." Arentee nickt und lässt seinen Vater allein.

Einige Zeit später kommt Arentee mit zwei Elfen zurück zu Arentor. „Vater, die beiden haben Neuigkeiten aus dem Baumelfen-Reich." Eine der Elfen fängt an zu berichten. „König Arentor, habt vielen Dank, dass Ihr uns in Zeiten der Not wieder einmal zur Seite steht. König Metepho ist Euch zu tiefstem Dank verpflichtet." Arentor spricht. „Sagt Metepho, er kann immer auf die Hilfe von Selmir setzen, wir hätten früher geholfen, doch wussten wir nichts von eurer Not. Was ist denn genau geschehen?" Die Elfe fährt fort. „Trolle überrannten unser Land in einer Anzahl, die wir nicht für möglich gehalten haben. Sie haben anscheinend Troll-Heim vergrößert und wollten das Baumelfen-Reich einnehmen. Nach wochenlangen Schlachten ist es ihnen gelungen, die Runen des Lebensbaumes zu stehlen. Wir fielen in einen tiefen Schlaf, bis der Gott der Diplomatie und des Schlichtens die Ordnung wiederhergestellt hat." Arentor unterbricht neugierig. „Wenn ihr in den Schlaf gefallen seid und der Baum ohne die Runen war – wo waren die Trolle, und wie konntet ihr dies überleben?" Die Elfe antwortet: „Nachdem die Trolle die Runen hatten, zogen sich die meisten aus dem Baumelfen-Reich zurück. Der Gott des Lichtes hat den Baum mittels seiner Magie am Leben gehalten." Wieder unterbricht Arentor. „Beckzusir ist im Baumelfen-Reich! Wisst ihr, wo meine Tochter ist?" Die Elfe antwortet: „Ja, sie ist hier. Wir haben sie und Euren Enkel mitgebracht." Sprachlos sitzt Arentor auf seinem Thron und kann nicht fassen, was er hört. *Enkel, ich habe einen Enkel.* Die Elfe redet weiter. „Eurem Enkel geht es gut. Eure Tochter ist in einen tiefen Schlaf gefallen, als sie das Baumelfen-Reich verteidigte. Wir hoffen, dass sie in ein paar Tagen wieder erwacht." Arentor unterbricht die Elfe. „Verzeiht, wir werden uns später weiter unterhalten. Ich möchte zuerst meine Tochter und meinen Enkel sehen." Arentor steht auf, und eine Wache führt ihn zu Elena. Als er das Zimmer betritt, sieht er eine Elfe, die sich um ein Baby kümmert. Langsam geht er zu ihr, als könne er es nicht glauben. Er schaut sich das Baby an. Lächelnd und glücklich streichelt er ihm über den Kopf. „So ein tapferer Junge, kommt ganz nach seinem Opa." Das Baby macht kurz die Augen auf. Sie scheinen so hell und weiß, dass man weder Pupille noch die Augenfarbe erkennen kann. Die Elfe, die den Kleinen im Arm hält, sagt: „Die Augen hat er von seinem Vater." Arentor schluckt. „Ja, scheint so, die sind unverwechselbar." Er setzt sich auf die Bettkante und fährt Elena mit dem Finger über die

Wange, als er sagt: „Tochter, verzeiht mir, ich habe dir und deinem Mann Unrecht getan." Die zwei Elfen, die ihm berichteten, und Arentee kommen ins Zimmer. „König Arentor, verzeiht. Wir haben gehofft, dass der Gott der Seelen bei Euch ist. Er könnte vielleicht helfen, dass Elena wieder erwacht." Arentor fragt: „Wo ist Beckzusir, und warum ist er nicht hier?" Die Elfe antwortet: „Er ist im Palast von König Metepho, er schläft wie Elena. Wir wussten nicht, ob wir ihn hierherbringen dürfen. Der Gott der Diplomatie und des Schlichtens wacht über ihn." Arentor spricht zu Arentee. „Schickt ein paar Wachen zum Grab von Fahayakla. Dort werden sie meinen Boten mit den vier Malen finden. Sie sollen ihn zum Tempel des Nordens bringen und ihn auf den Altar legen. Dann nehmt ihr den Stab von Sordied und steckt ihn in die dafür vorgesehene Stelle. Die Wachen sollen zwei verurteilte Mörder aus dem Verlies mitnehmen. Und in dem Tempel einsperren." Arentee fragt: „Vater, was hat das zu bedeuten? Und warum sprechen die Elfen immerzu von Göttern?" Arentor antwortet ihm: „Schick die Wachen los. Ich werde dir später alles erklären."

Am Abend geht Arentee zu Arentor, der immer noch bei Elena sitzt. „Vater, ich habe die Wachen losgeschickt. Würdest du mich bitte aufklären, was hier vor sich geht?" Arentor lässt den Kopf hängen und seufzt, als er anfängt zu erklären. „Vor ein paar Jahrtausenden kamen diese Götter zu unseren Ahnen. Sie baten um Asyl, da das Reich der Götter unterging. Sie waren verloren und verzweifelt. Also gingen unsere Ahnen einen Pakt mit ihnen ein. Sie durften bleiben und mussten dafür der Krone treu sein." Arentee merkt an: „Wieso hast du dann Beckzusir und Cheppard aus dem Reich verbannt?" Arentor erklärt: „Das habe ich nie getan. Ich verbot die Magie. Die zwei konnten jederzeit zurückkehren und bleiben. Sie entschieden sich aber zu gehen, um ihre Magie zu wirken. Die anderen blieben ja auch. Nur welche Auswirkungen es auf Fahayakla und Sordied hatte, wusste ich auch nicht. Bekklec hat es mir oft genug erzählt und vorgehalten, aber ich konnte meine Entscheidung nicht rückgängig machen."

„Warum nicht?", fällt Arentee ihm ins Wort. „Das Verbot war

Bestandteil des Friedensvertrags mit den Zwergen und den Orcs. Deswegen schickte ich nur Dagorie los. Aber die Umstände entwickelten sich nicht gerade so, wie ich es erhofft hatte. Sobald die Zwerge und die Orcs es mitbekommen, werden sie kommen. Uns stehen dunkle Zeiten bevor." Arentee überlegt, und nach einer Zeit fragt er seinen Vater: „Was hat es mit dem Boten auf sich?" Arentor antwortet: „Das wissen nur die Götter, sie sagten mir, was ich zu tun habe, wenn ich einen Boten schicke. Ich vermute, er war einfach nur zur falschen Zeit am falschen Ort. Jetzt trägt er ihre Zeichen, und ich weiß nicht, was es zu bedeuten hat." Mittlerweile wurde es Nacht, und Arentor sagte: „Geh schlafen, es ist spät." Arentee verlässt das Zimmer, und Arentor bleibt bis spät in der Nacht bei seiner Tochter am Bett sitzen. Ab und an kann er sich seine Tränen nicht verkneifen.

Sordied kehrt zurück

Auf der kleinen Insel, wo Fahaykla beerdigt war, stehen vier Soldaten des Königs und zwei Mörder aus dem Verlies. Einer der Soldaten befiehlt den beiden Mördern: „Geht in die Höhle, dort soll laut König Arentor sein Bote Mattias liegen. Holt ihn da raus, damit wir unsere Reise fortsetzen können." Den Mördern war es nicht ganz geheuer. Doch wurde ihnen versprochen: Wenn die Reise zu Ende ist, wird ihnen Amnestie gewährt. Mit der Hoffnung, eines Tages wieder frei zu sein, gehen die beiden sehr vorsichtig in die Höhle. Sie kommen in den Raum, wo Mattias immer noch bewusstlos und halb tot auf dem Boden liegt. Ohne ein Wort zu sagen gehen sie zu ihm, packen ihn und bringen ihn aus der Höhle zu den Soldaten. Die vier Soldaten fragen die beiden: „Ist euch die Hexe begegnet?" Die beiden schütteln den Kopf. Einer der Soldaten sagt: „Na, dann habt ihr aber noch mal Glück gehabt. Legt ihn auf die Trage. Ihr werdet ihn zum Tempel des Nordens tragen. Und beeilt euch. Ich will von dieser Insel runter." Wie gesagt, so getan, und die kleine Truppe macht sich auf den Weg zum Tempel des Nordens.

Als sie ein paar Tage später am Tempel ankommen, schauen die Soldaten sich um. So etwas hatten sie nicht erwartet. Der Tempel ist in einen Berg gemeißelt worden. Er ist ungefähr zwanzig Meter hoch. Vor dem Eingang stehen vier dicke Säulen, die den Berg abstützen. Der Eingang ist knappe sechs Meter hoch und wird von zwei schweren Eisentüren verschlossen gehalten. An der Tür steht eine Botschaft, die in Symbolen geschrieben ist. Keiner von den Soldaten oder den Mördern kennt diese Schrift. Sie wissen auch nicht, was sie bedeutet. Ein Soldat gibt einem Mörder den Stab von Sordied und sagt: „Ihr zwei bringt den Boten und den Stab hinein. Den Boten legt ihr auf den Altar, der darin sein soll. Dann steckt ihr den Stab in die für ihn vorgesehene Stelle." Einer der Mörder fragt: „Woran erkennen wir die Stelle, und was werdet ihr tun, während wir im Tempel sind?" Der Soldat antwortet: „Nun, wir werden die Befehle des Königs befolgen und den Eingang verschließen. Sobald der Bote wieder erwacht ist, werden wir die Tür wieder öffnen. Dann bringen wir den Boten zurück zum König, und unsere Reise ist beendet. Die Stelle für den Stab wird wohl irgendwo am Altar sein, ihr werdet sie erkennen." Mit großen Bedenken nehmen die zwei Mörder den Stab und Mattias. Als sie in den Tempel gehen, müssen die vier Soldaten ihre ganze Kraft benutzen, um die Türen zu schließen. Sowie die Tür geschlossen ist, machen sich die vier Soldaten auf den Heimweg. In dem Tempel stehen die beiden Mörder im Dunklen. Es ist so dunkel, dass sie ihre eigene Hand nicht mehr vor Augen sehen. Sie tasten sich Schritt für Schritt tiefer in den Tempel, als es plötzlich hell wird. Die beiden sehen einen immens großen Raum mit acht Säulen links und rechts an den Seiten. Diese bestehen aus Totenschädel, und an ihnen hängen Fackeln, die sich von selbst entzündet haben. Ihr Blick schweift zur Tür, die fest verschlossen ist. Sie drehen sich um und sehen in der Mitte des Raumes einen Altar stehen, der ebenfalls aus Schädeln gemacht ist. Die beiden schauen sich skeptisch an und legen Mattias auf den Altar. Sie suchen nach der Stelle für den Stab und finden am Ende des Raumes einen in Stein gemeißelten Thron, in dem ein Skelett sitzt. Es hat eine schwarze Robe an, die mit goldenen Symbolen und grauem Schädel verziert ist. An seinem Handgelenk ist eine Kette, an der eine Laterne hängt, in der Hand hält das Skelett ein rotes Buch. Neben dem Thron bemerken die zwei ein rundes Loch mit dem Durchmesser des Stabs, den sie von den Soldaten bekommen hatten. Einer der zwei sagt: „Jetzt mach, ich will endlich wieder frei sein." Der andere Mörder steckt den Stab hinein. Doch nichts passiert. Die beiden gehen zu Mattias, als der Tempel kurz anfängt zu beben. Die beiden drehen sich um in Richtung Stab. Sordied, der im Thron sitzt, steht auf und streckt sich, dabei sagt er. „Ach verdammt, ich hätte den Stuhl polstern sollen. Jetzt muss ich wieder zur Akupunktur." Er schaut sich seine Skeletthand an und korrigiert sich. „Ach ja, da war ja was!" Er schaut sich um und erblickt die beiden sprachlosen Mörder. „Hallöchen, wen haben wir den da?" Einer der Mörder stürmt auf Sordied zu, als wollte er ihn umbringen, als Sordied seine Hand hebt und ein violetter Strahl aus ihr schießt. Der Mörder wird von dem Strahl getroffen. Dieser geht mit einem Aufschrei zu Boden, und man sieht, wie seine Seele aus seinem Körper gezogen wird und in Sordieds Hand verschwindet. Der andere Mörder fällt auf die Knie und faltet seine Hände zum Gebet. „Bitte, Herr, habt Gnade, ich führe nur die Befehle vom König aus." Sordied wendet sich ihm zu. „Hattet ihr Gnade mit eurem Opfer, als ihr es ermordet habt?" Bevor der Mörder antworten kann, reißt Sordied auch ihm die Seele aus dem Leib. Die Laterne, die Sordied am Handgelenk hat, fängt an zu leuchten. Er geht zum Altar, wo Mattias liegt. Er schaut ihn sich an und spricht: „Interessant, was haben wir denn da?" Er hebt Mattias Arm und lässt ihn wieder auf den Altar fallen. „Irgendetwas ist doch an dir anders. Nur, was ist es?" Er schaut sich Mattias Brust an und entdeckt das Brandmal von Ludmilla. „Interessant, sehr interessant, aber das ist es nicht. Was ist es?" Auf der anderen Hälfte der Brust entdeckt Sordied eine hölzerne Spirale, die in seinen Körper hineingewachsen ist. „Fahayakla, da kommen wir der Sache schon näher. Aber da ist doch noch mehr!" Er öffnet Mattias die Augen und kann nichts Besonderes erkennen. Er hebt sein Kinn an und sieht eine kleine Schnittwunde an seiner Kehle. „Ah, eine Wunde von Bekklecs Messer! Unverwechselbar und schön!" Er hebt seinen Oberkörper an, auf dem Rücken entdeckt er eine tätowierte Feder. „Dagorie, sehr schön, ich wette, der Kleine hat das nicht mitbekommen." Er lässt seinen Oberkörper auf den Altar knallen und überlegt. *Das sind die Male von Fahayakla, Bekklec, Ludmilla und Dagorie.* Er kann sich keinen Reim darauf machen, was die vier mit Mattias vorhaben. „Nun, umsonst haben die dich ja nicht hierhergeschickt! Irgendetwas haben die ja mit dir vor!" Sordied streicht mit seinem Zeigefinger über die Mitte seiner Brust. Es entsteht eine weitere Tätowierung in Form einer

Unendlichkeits-Schleife. „Sterben lasse ich dich mal nicht, du bist anscheinend noch wichtig!" Mattias wacht unsanft auf und atmet tief ein und aus. Er schaut sich im Tempel um und entdeckt Sordied. „Bin ich tot? Bringt ihr mich ins Jenseits?" Sordied fast sich mit der Hand an den Schädel. „Nein, und wieso glauben das immer alle." „Also sind wir schon im Jenseits. Habe ich mir ehrlich gesagt anders vorgestellt." Sordied kann es nicht fassen. „Du bist nicht tot, sondern im Tempel des Nordens! Man hat dich hierhergebracht, damit du nicht stirbst." Mattias fragt: „Bist du tot?" „Nein, bin ich nicht!" „Aber schaut Euch an, wie könnt Ihr am Leben sein?" „Ja, okay, so richtig am Leben bin ich auch nicht. Das soll Euch Euer König erklären! Kommt, ich will sehen, was es Neues in Selmir gibt." Aus dem Boden vor dem Altar erscheint ein aufrecht stehender Sarg, der sich öffnet. Sordied geht in den Sarg und ruft von innen heraus: „Jetzt kommt, oder willst du im Tempel gefangen bleiben?" Mattias steht vom Altar auf und geht zu dem Sarg. Er schaut ihn sich genau an, als von innen zu hören ist: „Wird's bald? Ich habe nicht den ganzen Tag Zeit!" Mattias geht in den Sarg, der sich daraufhin schließt und wieder im Boden verschwindet.

In den Drachenlanden

Fahayakla und Bekklec tauchen an der Grenze zu den Drachenlanden wieder auf. Fahayakla schaut Bekklec an und sagt: „Geliebter, Ihr wisst, dass ich nicht weitergehen darf. Der Drachenkönig hat es mir doch nach dem letzten Missverständnis verboten wiederzukehren." Bekklec erwidert: „Ja, das weiß ich. Aber bis heute haben sie auch keine Dörfer in Selmir zerstört. Ich werde auf Euch aufpassen. Seid unbesorgt. Die drei Dracheneier sind nichts in Bezug auf zwei komplette Dörfer. Sie schulden uns Antworten." Fahayakla läuft suchend umher. „Dann will ich uns wenigstens anmelden. Wo ist denn jetzt …" Sie findet einen kleinen schwarzen Stein, den sie in die Hand nimmt. „Da bist du ja, mein kleiner Süßer." Sie streichelt ihn mit ihrem Zeigefinger und flüstert ihm etwas zu. Der Stein entfaltet sich zu einem kleinen Drachen und reibt sich den Kopf an ihrem Finger. Dann dreht der kleine Drachen sich zweimal auf der offenen Handfläche, als er von der Hand springt und davonfliegt. Der kleine Drachen hustet einen kleinen Feuerring in die Luft und fliegt hindurch, dabei verschwindet er spurlos. Bekklec geht zu ihr. „Siehst du! Nicht alle Drachen haben etwas gegen dich." „Ja, aber der Drachenkönig ist nicht gut auf mich zu sprechen." Vor den beiden entsteht ein Feuerring, durch den sie hindurchgehen. Auf der anderen Seite finden sich die beiden am Fuße eines brodelnden Vulkans wieder. Vor ihnen stehen sechs Drachen, die sich auf beide Seiten verteilt haben. Der Drachenkönig kommt hervor und steht mittig am Ende der beiden Drachenreihen. „Bekklec, es ist schon sehr lange her. Was führt dich in unser Allerheiligstes, und wieso bringst du die Verbannte mit?" Bekklec greift nach seinen Kurzschwertern ohne sie aus der Scheide zu ziehen, aber um gerüstet zu sein, falls es zum Kampf kommt. „Nun, wir sind hier, um zu erfahren, warum in Selmir zwei Dörfer mittels Drachenfeuer zerstört wurden." Der Drachenkönig schaut die beiden schweigend an und mustert sie genau, bevor er antwortet. „Wir haben keine Dörfer zerstört! Die Trolle haben uns angegriffen, und zur Verteidigung benutzten sie Portale. Jetzt wissen wir, wo diese Portale hinführen. Das Königreich Selmir sollte sich bereit machen, denn die Trolle werden versuchen, es einzunehmen." Bekklec ist erleichtert, dass die Drachen nichts für die Zerstörung können. „Dann werden wir dies dem König ausrichten und euch wieder in Ruhe lassen." Verwundert merkt der Drachenkönig an: „So einfach können wir die Verbannte nicht gehen lassen. Sie stahl uns drei Leben, und der Preis ihrer Rückkehr ist der Tod." Fahayakla erwidert mit ängstlichem Blick: „Ihr hättet die Drachen sterben lassen, ich habe sie aus dem kalten Morast gerettet und in Sicherheit gebracht. Dafür wollt ihr mich töten?" „Du hast Unstimmigkeiten in den Drachengilden verursacht! Es waren Opfergaben, und für dieses Vergehen wirst du sterben!", antwortet der Drachenkönig. Bekklec stellt sich vor Fahayakla und zieht seine Kurzschwerter hervor. Seine blutrote Aura wird sichtbar, und jede Ader in seinem Gesicht färbt sich schwarz. Mit blutunterlaufenen Augen schaut er zu Fahayakla. „Flieht, Liebste, ihr könnt hier nichts mehr tun." Danach schaut er zum Drachenkönig. „Sie steht unter meinem Schutz. Wenn ihr sie wollt, müsst ihr an mir vorbei!" Der Drachenkönig lacht. „Nun, so sei es. Deine Arroganz wird dich dein Leben kosten." Er fängt an, Feuer auf Bekklec zu speien. Er wirbelt seine Schwerter so schnell vor sich her, dass er die Flammen abwehren kann. Fahayakla löst sich auf und taucht an der obersten Kante des Vulkans wieder auf, um sich den Kampf mit anzuschauen. Nachdem das Feuer aufgehört hat, glühen die Schwerter. Bekklec wirft sie in einem großen Bogen in Richtung König. Dabei köpft er die sechs Drachen, die den König beschützen. Wie aus Zauberhand kehren die Schwerter in Bekklecs Hände zurück. „Drache, lasst es gut sein. Ihr könnt es beenden, was ihr so leichtsinnig begonnen habt." „Ich werde eure Vergehen nicht dulden." Der Drachenkönig dreht sich im Kreis, um mit seinem Schwanz auszuholen.

Bekklec sticht mit beiden Schwertern hinein und wird gegen die Wand des Vulkans geschleudert. Fahayakla fängt an, Bekklec zu heilen. Dieser springt auf den Schwanz des Drachenkönigs, läuft über den Rücken in Richtung Kopf und ritzt dabei mit seinen Schwertern tiefe Wunden ein. Er springt über den Kopf und bleibt vor ihm stehen. „Ein letztes Mal. Hört auf und lasst uns gehen." Der Drachenkönig ergreift ihn mit seiner Kralle und fliegt mit ihm hoch über die Wolken. Bekklec stößt eines seiner Schwerter in den Bauch des Drachens. Mit dem anderen Schwert hackt er ihm die Kralle ab. Mit Schwung springt Bekklec auf den Rücken des Drachenkönigs und schneidet ihm die Flügel ab. Dieser schreit laut auf, und die beiden stürzen durch die Wolken wieder hinab. Fahayakla muss zusehen, wie beide in den Vulkan stürzen und von der Lava verbrannt werden. Sie schreit mit Todesangst. „Nein! Geliebter, was habt ihr getan?" Fassungslos kniet sie am obersten Rand des Vulkans und starrt in die Lava, wo Bekklec und der Drachenkönig versunken sind. Weitere Drachen machen sich bereit, Fahayakla zu töten. Sowie sie diese bemerkt, verschwindet sie im Wind, und zurück bleiben nur ihre Tränen. Die zu kleinen, transparenten Steinen werden. Einer der Drachen hebt sie auf und sagt zu den anderen Drachen: „Tränen einer liebenden Hexe. Sehr mächtig. Somit sind alle Verbrechen der beiden bezahlt. Gibt den Drachengilden Bescheid, wir brauchen einen neuen König."

Im Schloss von Nefesto

Über Nefesto ziehen dunkle Wolken auf. Es blitzt und donnert. Arentor sitzt bei seiner Tochter am Bett und schaut aus dem Fenster. Er bemerkt das merkwürdige Wetter und denkt: *Etwas Schlimmes ist passiert.* Im Thronsaal, wo gerade Arentee auf dem Thron sitzt und den täglichen Verpflichtungen seines Vaters nachgeht, taucht Fahayakla auf. Sie trägt diesmal ein langes schwarzes Kleid und einen schwarzen Schleier. Man kann das Diadem mit dem Halbmond, der nach oben zeigt, erkennen. In der Hand hält sie einen langen weißen Birkenstock. Unter dem Schleier erkennt man, wie ihr schwarze Tränen über die Wangen laufen. Sie schaut sich um und tippt mit dem Stab auf den Boden. Alle Wachen im Saal werden von Wurzeln festgehalten. Sie macht mit dem Stab eine ziehende Bewegung, und Arentee wird aus dem Thron vor sie auf den Boden gepresst. Sie sagt zu ihm: „Wer seid Ihr denn, und warum sitzt Ihr im Thron meines Königs?" Arentee, der es nicht schafft, sich aufzurichten, so sehr er es auch versucht, antwortet: „Ich bin Arentee, Prinz von Selmir und Sohn von Arentor. Wer seid Ihr, und was wollt Ihr hier?" „Nun, dann sitzt Ihr im falschen Stuhl!" Fahayakla macht eine weitere Bewegung mit ihrem Stab. Arentee wird vom Boden aus in einen Stuhl, der neben dem Thron steht, geschleudert. „Wart Ihr es, der Bekklec in die Drachenlande geschickt hat und mich wecken ließ?" Benommen von dem Herumschleudern antwortet Arentee: „Nein, Dagorie brauchte Bekklecs Hilfe in den südlichen Grenzländern. Arentor befahl Bekklec und Fahayakla, die zerstörten Dörfer zu untersuchen. Sagt mir jetzt, wer Ihr seid!" Fahayakla wird wütend und macht eine Auf-und-ab-Bewegung mit ihrem Stab. Dabei wird Arentee immer wieder in die Luft und zu Boden geschleudert. „Ich bin Fahayakla, und ich verlange zu wissen, wo Dagorie und Arentor sind." Arentee bleibt bewusstlos auf dem Boden liegen. Arentor kommt in den Thronsaal. „Fahayakla, beruhigt euch! Ich bin hier, und Dagorie ist im Palast von König Metepho. Was ist passiert?" Fahayakla tippt mit ihrem Stab wieder auf den Boden, und die Wachen werden befreit. Als diese auf sie zustürmen wollen, macht Arentor eine Handbewegung und gibt damit den Wachen zu verstehen, nicht einzugreifen. „Kümmert euch um Arentee!" Fahayakla schaut den König an. „Mein Gemahl und ich wurden vom Drachenkönig angegriffen. Beide fielen in den Vulkan, und keiner von ihnen hat es überlebt." Fahayakla bricht in Tränen zu Boden. Arentor eilt zu ihr und hält sie fest im Arm. „Dafür werden die Drachen bezahlen. Zuerst zwei Dörfer und dann Bekklec." Fahayakla antwortet ihm weinend. „Nein, die Drachen haben keine Schuld. Die Trolle haben die Dörfer mittels Portale angegriffen. Und an dem Streit zwischen Bekklec und dem Drachenkönig bin nur ich schuld." Etwas beruhigter drückt Arentor Fahayaklas Kopf an seine Brust. „Komm, mein Kind, ruh dich etwas aus, wir unterhalten uns später weiter." Fahayakla schaut ihn mit tränenden Augen an. „Ich habe keine Zeit! Ich muss in die Anderswelt und meinen Gatten befreien, sagt mir, wo ist Sordied? Ich brauche seine Hilfe!" Arentor bringt sie in ein Zimmer, das neben Elenas Zimmer liegt. „Sordied ist unterwegs hierher. Er müsste bald eintreffen. Schlaft ein wenig. Wenn es eine Möglichkeit gibt, Euren Gatten zu retten, werden wir nichts unversucht lassen!" Fahayakla legt sich in das Bett. „Danke, mein König. Bitte sagt mir, sobald Sordied eintrifft. Nur er hat die Macht, mir zu helfen." Fahayakla fällt völlig erschöpft in einen tiefen Schlaf. Arentor lässt ein Dienstmädchen kommen. „Achtet auf sie. Sie ist in tiefer Trauer, und gebt mir Bescheid, sollte sie erwachen." Arentor verlässt das Zimmer und geht zu Arentee, der mittlerweile wieder erwacht ist. „So, dann hast du also die Hexe auch mal kennengelernt." Arentee, der noch etwas benommen ist und am Fuße des Throns auf einer Stufe sitzt, antwortet: „Ja, scheint so. Ziemlich mächtig, wie mir scheint. Was ist denn in sie gefahren?" „Bekklec ist tot, und die

Trolle scheinen etwas zu planen." „Bekklec tot! Wie ist denn das möglich? Und was machen wir jetzt?" Arentor schaut ihn zuversichtlich an. „Bleib ruhig, Fahayakla sagte, sie braucht die Hilfe von Sordied. Also gehe ich davon aus, dass Bekklec wiederkommen wird. Bis er hier ist, sollten wir Marreck und die Elfen warnen." „Ja, Vater, ich werde einen Boten losschicken, und sagt der Hexe bitte, dass sie mich nicht mehr angreifen soll." Arentor fängt an zu schmunzeln. „Ja klar, als ob sie auf mich hört. Du solltest dich besser mit ihr anfreunden."

Wenige Tage später im Schloss kümmert sich Fahayakla um das Baby von Elena. Arentor sitzt wieder einmal am Bett von seiner Tochter. „Fahayakla, Ihr müsst das nicht tun. Ihr solltet euch ausruhen." Fahayakla hält das Baby im Arm und wiegt es hin und her. „Ist schon gut, mein König, es lenkt mich vom Verlust meines Gatten etwas ab. Und solange Sordied noch nicht eingetroffen ist, kann ich eh nichts unternehmen." Im Thronsaal erhält Arentee gerade die Nachricht, dass Marreck die Grenze vom Baumelfen-Reich zu Trollheim befestigen lässt. Marreck fügt der Nachricht hinzu, dass er Späher ausgesendet hat, um herauszufinden, was die Trolle vorhaben und wie viele es sind, als plötzlich inmitten des Saales ein Sarg aus dem Boden emporsteigt. Er öffnet sich, und Sordied und Mattias steigen aus ihm heraus. Arentee springt auf und ergreift sein Schwert. „Mattias, du bringst den Tod in unser Haus!" Sordied tippt mit seinem Stab auf den Boden. Bevor die Wachen eingreifen können, öffnet sich unter ihnen der Boden, und sie fallen in ein schwarzes Loch. Danach verschließen sich die Löcher. Sordied macht eine Handbewegung, und Arentee wird kopfüber an eine Wand geschleudert. Sordied ergreift das Wort. „Wer seid Ihr denn? Und wo finde ich Arentor?" Arentee steigt das Blut zu Kopf. „Ich werde dem Tod bestimmt nicht sagen, wo mein Vater ist." Sordied greift sich mit seinen Fingerknochen an den Schädel. „Wieso denken das immer alle?" Arentor und Fahayakla bekommen den Lärm aus dem Thronsaal mit. Fahayakla legt das Baby zurück in die Wiege. „Schon gut, mein König, ich gehe nachschauen, was los ist." Sie geht aus dem Zimmer direkt in den Thronsaal. „Sordied, mein Bester, endlich seid Ihr da! Sag mal, hast du abgenommen?" Sordied dreht sich zu ihr. „Fahayakla, sehr witzig, neuer Style! Mit Schleier gefällt mir! Sag mir, wer ist der Witzbold, der mich Tod nennt?" „Das ist Arentee, der Sohn vom König Arentor. Lass ihn runter, der tut keiner Fliege was zuleide." Sordied macht eine Handbewegung, woraufhin Arentee kopfüber zu Boden stürzt. „Wo ist Arentor?", fragt Sordied Fahayakla. „Er ist nebenan bei Elena, die Ärmste braucht deine Hilfe, so wie ich sie ebenfalls benötige. Komm, ich bringe dich zu ihr." Sordied geht auf Fahayakla zu und wartet darauf, dass sie ihn zu Elena bringt. „Ähm, Sordied, ich will ja nichts sagen, aber die Wachen!" „Ach ja, da war ja was!" Sordied tippt mit seinem Stab auf den Boden. An der Decke öffnen sich schwarze Löcher, aus denen die Wachen wieder herausfallen und zu Boden gehen. Fahayakla und Sordied gehen in das Zimmer von Elena. Arentor steht vom Bett auf und begrüßt Sordied. „Gut, dass Ihr da seid, hattet Ihr eine angenehme Reise?" „Ja, danke für die zwei Mörder, sie waren vorzüglich und machen sich gut in meiner Sammlung. Wie kann ich Euch denn helfen?" Arentor dreht sich zu Elena. „Könntet Ihr Elena helfen, wieder zu erwachen?" Sordied schaut sich Elena an. „Mein König, ist diese Dame nicht etwas zu jung für Euch?" Arentor schaut ihn an. „Das ist meine Tochter, sie ist mit Beckzusir verheiratet! Da liegt ihr Kind." Sordied geht zu der Wiege und schaut sich das Baby an. Es macht kurz die Augen auf, und Sordied sieht, dass sie leuchten. „Natürlich, verzeiht. Habt Ihr bemerkt, dass der Kleine im Dunkeln lesen kann?" Dezent genervt antwortet Arentor. „Ja haben wir. Könnt Ihr meiner Tochter helfen?" Sordied stellt sich vor das Bett. „Ich werde es versuchen, bitte lasst uns allein." Arentor und Fahayakla gehen vor die Tür und warten geduldig ab. Sordied hebt seinen Stab über sie und öffnet sein rotes Buch, aus dem er ein paar Zaubersprüche vorliest. Das Ende seines Stabes fängt an zu leuchten, und Elena erwacht. Sie schaut Sordied an, und mit zitternder Stimme fragt sie ihn: „Wo bin ich? Bin ich tot? Seid Ihr hier, um mich zu holen?" Entmutigt, jemals jemandem zu begegnen, der Sordied nicht für den Tod hält, antwortet er: „Nein, du bist nicht tot! Du bist in Nefesto." Elena schaut sich um und entdeckt ihr Baby in der Wiege. Sie springt aus dem Bett zwischen die Wiege und Sordied. Sie geht auf die Knie, und mit gefalteten Händen bittet sie Sordied: „Bitte nehmt mich statt meines Sohnes, ich werde Euch auch gehorsam sein. Aber bitte nehmt nicht meinen Sohn." Sordied lässt den Kopf hängen. „Ach, dann leckt mich doch alle mal an meinen Hüftknochen." Er dreht sich zur Tür, und als er hinausgeht, ruft er laut: „Arentor, klär mal deine Göre über mich auf! Und warum weiß hier niemand was von mir?" Arentor betritt das Zimmer. Als er Elena sieht, läuft er zu ihr und nimmt sie in den Arm. „Elena, ich habe dich so vermisst. Wie fühlst du dich?" „Gut, Vater, aber warum bin ich hier? Wo ist mein Mann, und was ist mit den Elfen?" „Sie brachten dich hierher, das Baumelfen-Reich ist zurzeit nicht sicher für dich. Beckzusir ist noch dort. Dagorie wacht über ihn, er ist in einen tiefen Schlaf gefallen. So wie du. Den Elfen geht es gut! Marreck ist mit Truppen dort und verteidigt das Reich." „Also erlaubst du wieder Magie und hebst die Verbannung der Magier wieder auf?" „Ja, ich habe meine Fehler eingesehen. Jetzt komm, trink und iss was, du musst zu Kräften kommen." Auf dem Flur unterhalten sich Fahayakla und Sordied. „Ich brauche deine Hilfe, Sordied. Bekklec ist in die Anderswelt gefahren. Wir müssen ihn wiederholen und aus seinem Gefängnis befreien." Sordied überlegt und antwortet ihr: „In die Anderswelt. Oh, das ist nicht gut, das wird eine lange Reise. Dafür müsst Ihr mir einen Gefallen tun." Fahayakla nickt und geht in ihr Zimmer. Sie streift ihr Kleid ab und setzt sich auf die Bettkante. Neugierig und irritiert folgt ihr Sordied ins Zimmer. Fahayakla sagt mit gesenktem Kopf. „Was bevorzugst du denn?" Sordied lässt die Schultern hängen. „Im Ernst jetzt! Schau mich an. Wie soll das denn gehen? Du veräppelst mich doch!" Fahayakla fängt an zu lachen. „Ja. ich finde es urkomisch." Sordied stößt seinen Stab in die Luft. Daraufhin erscheint neben ihm eine Dämonenwache. Er hat rote Haut und ist zwei Meter groß, muskelbepackt und hat zwei Hörner auf dem Kopf. Sordied geht auf den Flur. Dabei nimmt er den Lendenschutz der Dämonenwache mit. Fahayakla ruft ihm mit erschrockener Stimme nach. „Moment, so war das nicht gemeint. Bitte nicht!" Er verschließt die Tür hinter sich und sagt kichernd: „Dann wird dir das richtig Spaß machen." Er hält vor dem Zimmer Wache. Man hört aus dem Zimmer nur Gepolter und gelegentlich die Stimme von Fahayakla. „Das gibt es doch nicht. Was zur Hölle. Nein, bitte nicht. Ah, verdammter ..." Sordied winkt die Wachen ab, die in das Zimmer wollen, um nachzusehen, was da vor sich geht. Nach einigen Stunden kommt Fahayakla mit zerzausten Haaren und zerrissenem Kleid völlig außer Atem und humpelnd aus dem Zimmer. Sie gibt Sordied einen Kuss auf die Wangenknochen und sagt: „Touchée, mein Lieber. Wenn du mich suchst, ich bin bei einem Heiler und lasse mir die Hüfte richten." Fahayakla stützt sich auf ihren weißen Birkenstab und humpelt davon. Besorgt schaut Sordied ins Zimmer. Alles ist zerstört und liegt kreuz und quer herum. Die Dämonenwache hängt mit den Bettpfosten aufgespießt an der Decke. Er fängt an zu lachen. „Verdammt, das hat ihr gefallen!"

Marreck und die Trolle

Marreck steht in einem Besprechungsraum in Metephos Palast. Er markiert auf einer Karte den Fortschritt der Befestigung an der Grenze. Auf der Karte sind ebenso die Punkte markiert, wo die Trolle angegriffen haben. Metepho kommt herein. „Nun, Marreck, wie geht es voran? Gibt es etwas Neues?" Konzentriert antwortet Marreck: „Der Bau schreitet voran. Ich werde nur nicht schlau aus den Trollen. Alles scheint eher willkürlich und panisch zu sein. Ich weiß nicht, auf was die Trolle aus sind." „In der Tat, Marreck, sie haben den Überraschungsmoment zwar ausgenutzt, sind aber, nach- dem sie die Runen hatten, größtenteils abgezogen." „Wie geht es Eurem Volk?" „Es erholt sich schnell, es wird noch etwas dauern, und der Schock sitzt tief. Alle sind in Alarmbereitschaft, falls die Trolle wiederkommen." Dagorie kommt herein. „Gibt es schon neue Informationen?" Marreck antwortet ihm. „Nein, wir sind dabei, die Grenze zu befestigen. Sodass die Trolle nicht mehr so einfach in das Reich kommen können. Wir haben Späher entsandt. Diese sind aber noch nicht zurückgekehrt. Wie geht es Beckzusir?" Dagorie schüttelt den Kopf. „Es ist gut, dass er im Moment noch nicht aufwacht." Metepho ist sehr interessiert. „Warum denn das? Seinen Rat und seine Kraft könnten wir jetzt gut gebrauchen." Dagorie lässt die Schultern hängen. „Sein Bruder ist zusammen mit dem Drachenkönig in einen Vulkan gestürzt. Er ist in der Anderswelt gefangen." Marreck ist irritiert. „Anderswelt? Was ist das? Also ist Bekklec tot. Das ist sehr ungünstig, seine Stärke und Entschlossenheit hätten wir gebrauchen können, wenn es zum Kampf kommt." Metepho schaut ihn etwas verwundert an. „Bekklec und tot. Nein, Marreck, du verstehst da was nicht. Er ist ein Gott und kann nicht sterben. So wie Dagorie. Er ist in einer anderen Welt und muss einen Weg finden, um zurückzukommen." Dagorie unterbricht ihn. „Metepho, es ist schlimmer. Bekklec ist dort gefangen. Cheppard und er haben in der Anderswelt unzählige Schlachten bestritten und gewonnen. Er ist zwar eines der mächtigsten Wesen dort, aber er ist geschwächt, und freiwillig werden sie ihn nicht gehen lassen. Fahayakla will ihn mit Sordied retten. Aber die Einzigen, die dort hinkommen, sind Cheppard und ich." Marreck fragt nach. „Wieso nur ihr drei? Seid ihr nicht alle Götter?" „Nein, Marreck, wir sind aus anderen Dimensionen. Bekklec, Beckzusir, Cheppard und ich kommen aus der Anderswelt. Sordied ist aus einer völlig anderen Welt." Metepho fragt nach. „Endlich redet ihr mal darüber. Aus welcher Welt kommt er?" „Aus einer Welt, die nur beherrscht wird von Krieg. Es gibt dort keinen Frieden. Völker und Stämme kämpfen permanent gegeneinander. Sordied kennt keinen Frieden. Für ihn ist das mehr eine Ruhephase zwischen den Kämpfen." Marreck unterbricht Dagorie. „Und aus welcher Welt kommt ihr?" „Aus einer, in der du geknechtet geboren wirst und dich von deinem Meister befreien musst. Wenn du das geschafft hast, kämpfst du nur noch, um zu überleben. Oder um stärker zu werden. Jeder ist sich dort der Nächste." Metepho versucht auf einmal, das Thema zu wechseln. „Was machen wir jetzt?" Marreck antwortet: „Nun, Dagorie wird sich wohl um Bekklec kümmern. Ich werde die Grenze kontrollieren und versuchen herauszufinden, was die Trolle vorhaben. Metepho, kümmert Euch um Euer Volk, es braucht Euch mehr denn je." Dagorie widerspricht ihm. „Ich werde bei Beckzusir bleiben. Fahayakla wird sich Bekklec annehmen. Jetzt geh, Marreck, und versuch etwas über die Trolle herauszufinden." Marreck nickt und macht sich auf den Weg zur Grenze. Metepho verlässt den Raum, und auch Dagorie macht sich auf den Weg wieder zu Beckzusir.

Marreck kommt an der Grenze an und geht zum Hauptmann auf einem der Wachtürme. „Sind die Späher zurück?" „Nein, mein Herr, wir vermuten, dass sie tot sind. Sie hätten schon längst zurück sein sollen." Marreck schaut vom Turm aus nach Trollheim. Noch nie hatte er es mit seinen eigenen Augen gesehen.

Es war wie eine ausgetrocknete Steppe. Gelegentlich standen ein paar Bäume herum. Es war steinig und uneben. Er wunderte sich, dass dort überhaupt etwas leben konnte. Er fragt den Hauptmann: „Wo werden denn die Trolle vermutet? Und wie viele könnten es sein?" „Nun, mein Herr, wir vermuten, sie bringen sich hinter den Bergen in Stellung. Wir können nicht abschätzen, wie viele es sein könnten." Marreck denkt nach. *Ich brauche dringend mehr Informationen.* Er fragt sich, was sein Vater oder sein Bruder wohl tun würden. Er fragt den Hauptmann: „Könnten wir Trolle gefangen nehmen? Vielleicht könnten wir ihnen ein paar Informationen herauslocken." „Es ist uns zwar gelungen, ein paar festzusetzen. Bevor wir sie in Ketten legen konnten, verübten sie leider Selbstmord. Sollen wir noch ein paar Späher entsenden?" „Nein, wir haben schon genug Verluste. Das Heer soll sich bereithalten. Wir sollten auf alles vorbereitet sein." Marreck geht in das Lager an der Grenze, dort zieht er sich in sein Zelt zurück, um nachzudenken.

Am nächsten Morgen kommt der Hauptmann mit einem Späher zu ihm, der berichtet: „Mein Herr, ich bin gerade aus Trollheim zurückgekehrt. Ich bringe euch schlechte Neuigkeiten. Im Gebirge machen sich die Trolle bereit für einen neuen Angriff. Es müssen an die tausend sein. Sie sind schwer bewaffnet. Soweit wir es beobachten konnten, sind die Orcs auf der anderen Seite des Gebirges in Trollheim eingefallen. Wir vermuten, dass den Trollen der Lebensraum ausgeht und sie deshalb das Baumelfen-Reich übernehmen wollen." Marreck wirkte entschlossen und nicht überrascht, obwohl er im Innersten völlig überfordert war und nicht wusste, was er machen sollte. „Könnt Ihr mir sagen, wann sie angreifen werden?" „Nein, mein Herr. Wir vermuten in ein paar Tagen, höchstens eine Woche. Dann werden ihnen die Vorräte ausgehen." Marreck denkt kurz nach. „Informiert Metepho und Arentor, wir werden mehr Truppen benötigen. Befestigt die Grenze in einer Keilform und zieht noch zusätzlich einen Graben. Wir werden versuchen, sie in die Enge laufen zu lassen. Das gibt uns einen Vorteil. Sagt Arentor, wir benötigen die Schatten, da wir in der Unterzahl sind. Arbeitet

Tag und Nacht, bildet Schichten, wir haben nicht viel Zeit. Sagt Metepho, dass ich ihn sprechen muss, und macht euch sofort an die Arbeit." Der Hauptmann nickt, und die beiden verlassen das Zelt. Bald darauf hört man, wie sich die Soldaten an die Arbeit machen. Am frühen Mittag öffnet sich ein Portal im Lager, und Metepho kommt heraus. Marreck begrüßt ihn. „Metepho, gut, dass Ihr da seid, kommt, wir haben viel zu besprechen." Beide gehen in das Zelt von Marreck, wo auf einem Tisch eine Karte ausgerollt ist. „Metepho, die Lage spitzt sich zu! Wie viele Kämpfer habt ihr? Die Trolle werden bald wieder angreifen." Metepho schaut sich die Karte an und antwortet: „Wir haben dreihundert Bogenschützen und vierhundert Schwertträger, hinzu kommen noch fünfzig Kampfmagier. Unsere Armee ist nicht groß genug für Tausende Trolle, zudem sind sie im ganzen Land verteilt. Dagorie wird sich auf eigenen Wunsch am Lebensbaum positionieren, um ihn zu verteidigen. Ich hoffe, dass noch mehr Schatten kommen werden." Marreck erwidert: „Ich habe meinen Vater darum gebeten. Sammelt eure Truppen an der Grenze entlang zu Trollheim. Wir haben zweihundert Soldaten hier, und ich habe um Unterstützung gebeten. Habt ihr noch Verbündete, die uns unterstützen könnten?" Metepho denkt nach und zeigt auf der Karte auf das Schwarzelfen-Reich. Es liegt an der westlichen Grenze zu Trollheim und dem Baumelfen-Reich. „Ich werde die Schwarzelfen fragen. Allerdings bleiben sie gerne unter sich. Sie mischen sich nicht gerne in unsere Angelegenheiten ein und möchten auch nicht, dass man sich bei ihnen einmischt. Sie werden einen hohen Preis verlangen, ich muss sehen, ob wir uns diesen Tribut leisten können." „Was werden sie verlangen?" „Das werde ich herausfinden." Metepho öffnet ein Portal und verschwindet. Am Nachmittag treffen immer mehr Truppen aus dem Baumelfen-Reich ein. Die Arbeiten an der Grenze laufen auf Hochtouren. Marreck hofft auf das Eintreffen der Schatten und Verstärkung aus Selmir. Doch bislang erreicht ihn keinerlei Nachricht von seinem Vater.

Sordied und Fahayakla

Im Schloss Nefesto unterhalten sich Arentor, Elena und Arentee, nachdem sie die Nachricht von Marreck bekommen haben. Elena ergreift das Wort. „Ihr werdet doch den Baumelfen zuhilfe kommen! Mein Gemahl ist auch noch dort." Arentor antwortet ihr. „Aber selbstverständlich. Könntest du bitte mit deinem Sohn im Schloss bleiben? Dann entsende ich Arentee mit weiteren Truppen zu Marreck." Verwundert fragt Arentee: „Sollte nicht immer einer von uns im Schloss bleiben, um die Thronfolge zu sichern?" Arentor erklärt: „Wenn Elena mit ihrem Sohn hier ist, sind ja zwei Thronfolger hier, und du kannst mit Marreck ein engeres Band knüpfen. Nichts verbindet euch mehr als eine Schlacht." Arentee schaut Elena an und sagt: „Du hast die Wahl, ich werde dich nicht zwingen zu bleiben. Aber ich bitte dich darum." Elena ist beunruhigt. „Ich werde bleiben, wenn ihr den Baumelfen und Beckzusir zuhilfe kommt. Aber ich verspreche nicht, zu bleiben, wenn das Baumelfen-Reich gerettet ist und ihr zurückgekommen seid." Arentor stimmt zu. „Gut, so sei es! Arentee, du gehst mit weiteren Truppen ins Baumelfen-Reich und unterstützt Marreck. Ich werde die zwei Schatten bitten nachzukommen. Dagorie ist bereits dort und bleibt auch vorerst dort. Beckzusir soll nach Nefesto gebracht werden, damit er in Sicherheit ist, bis er erwacht." Arentee steht auf und will gerade gehen, als ihm noch etwas einfällt. „Schwester, in meiner Abwesenheit müsst Ihr einige meiner Verpflichtungen übernehmen. Vater, was ist mit Cheppard? Wäre es nicht an der Zeit, ihn zu rufen und ihn uns als Verstärkung zu schicken?" Arentor nickt. „Ich werde versuchen, ihn aufzutreiben. Verlasst Euch aber nicht auf ihn. Er ist genauso sturköpfig wie Bekklec." Arentee verlässt das Zimmer. Elena geht in den Thronsaal und übernimmt die

Aufgaben von Arentee. Arentor macht sich auf die Suche nach Sordied, der sich gerade im Verlies noch ein paar verurteilten Mördern zuwendet. „Danke, mein König, dass ihr sie nicht hingerichtet habt und für mich aufbewahrt habt." Arentor traut kaum seinen Augen. Er sieht, wie Sordied den zu Tode Verurteilten die Seele aus dem Leib reißt und in sich aufnimmt. „Nun, Sordied, mich würde interessieren, was mit den Seelen passiert, die ihr sammelt." Sordied hört auf und wendet sich dem König zu. „Aber mein König, ist es denn so wichtig, dies zu wissen? Ich brauche sie für den einen oder anderen Zauber, und sie verleihen mir Kraft." Arentor ist unzufrieden über die Antwort. „Dann sagt es mir eben nicht, ich will es auch gar nicht so genau wissen. Im Baumelfen-Reich droht Krieg mit den Trollen. Es wird ein sehr großer Angriff erwartet. Könntet Ihr und Fahayakla dort unsere Truppen unterstützen?" Sordied denkt kurz nach. „So gerne ich das auch wollte. Wir müssen noch Bekklec aus seinem Gefängnis befreien. Klärt das am besten mit Fahayakla. Sie ist gerade bei einem Heiler. Was ist mit den anderen Schatten?" „Nun, Dagorie ist bereits dort. Beckzusir ist bewusstlos im Palast von Metepho. Und Cheppard ist noch verschwunden. Warum ist Fahayakla bei einem Heiler?" Sordied kichert. „Ach, da gab es einen kleinen Zwischenfall mit einer meiner Dämonenwachen. Nichts Schlimmes. Redet mit ihr und sucht Cheppard." Arentor nickt und verlässt das Verlies. Er geht zu dem Heiler, wo Fahayakla auf dem Tisch liegt und die Hüfte eingehängt bekommt. „Mein König, was verschafft mir die Ehre?" Der Heiler zieht an ihrem Bein und drückt auf der Hüfte herum, dabei stöhnt Fahayakla. Arentor antwortet ihr. „Ich würde Euch nicht stören, wenn es nicht wichtig wäre. Würdet Ihr unsere Truppen im Baumelfen-Reich unterstützen? Wir erwarten einen ziemlich großen Angriff durch die Trolle. Man hört es laut knacken, als der Heiler weiter auf der Hüfte herumdrückt. „So, fertig, die ist wieder drin." Fahayakla springt vom Tisch runter, auf dem sie gelegen hat. „Nun, mein König, gerne würde ich helfen. Aber zuerst muss ich mit Sordied meinen Mann befreien. Schickt Cheppard und Dagorie vor. Wir werden nachkommen. Aber jetzt muss ich mich erst für die Behandlung bedanken." Fahayakla kniet sich vor den Heiler und öffnet seine Hose. Dieser läuft rot an und schaut entsetzt zum König. Arentor sagt: „Okay, tut das, ich werde Cheppard suchen." Arentor verlässt den Raum und geht zum Kristall, den er von Cheppard bekommen hat. Er fasst ihn an und spricht: „Cheppard, das Königreich ist in Gefahr, ich brauche dich." Der Kristall fängt an zu leuchten. Ein Lichtstrahl kommt aus ihm hervor und bildet eine Art Spiegel vor dem König. Arentor schaut hinein und erkennt, wie Cheppard mit Blitzen um sich wirft und zahlreiche Gnome tötet. Cheppards Stimme ertönt aus dem Spiegel. „Mein König, das ist ja schon ewig her. Ehrlich gesagt bin ich gerade etwas beschäftigt. Die Gnome haben die Zwerge angegriffen, und ein Krieg tobt. Was kann ich für Euch tun?" Arentor schaut Cheppard zu, wie er einen Angriff nach dem Nächsten pariert und die Gnome tötet. „Nun, zum einen: Die Magie Verbote sind aufgehoben. Ihr könnt nach Hause kommen, wenn Ihr wollt. Zum anderen werden die Baumelfen von den Trollen angegriffen und ich wollte fragen, ob Ihr helfen könntet, das Reich zu verteidigen. Die anderen Schatten sind bereits auf dem Weg oder schon dort." Cheppard reagiert sehr ungehalten. „Pass mo uff, Kollege, seit Jahrzehnten hört man nichts von Euch. Dann wollt ihr, dass ich das Baumelfen-Reich beschütze. Warum sollte ich das tun? Schickt einen Vertreter in die Zwergenlande und geht eine Allianz mit den Zwergen ein. Wenn sich hier die Lage beruhigt hat, dann überlege ich mir mal, im Baumelfen-Reich vorbeizuschauen. Vorher gibt es nix. Schließlich haben mich die Zwerge aufgenommen, als ihr keinen Bock mehr auf uns hattet. Capice?" Arentor ist enttäuscht, versteht aber die Reaktion von Cheppard. „Gut, ich werde einen Boten schicken und die Verhandlungen mit den Zwergen wieder aufnehmen. Braucht Ihr noch etwas?" Cheppard wirft versehentlich einen Gnom durch den Spiegel, der am König knapp vorbei fliegt und an der gegenüberliegenden Wand abprallt und bewusstlos zu Boden geht. „Nein, ich habe die letzten dreißig Jahre nichts gebraucht, und jetzt brauche ich erst recht nichts von Euch." Der Spiegel verschwindet, und Arentor steht nachdenklich im

Artefakt-Raum. Fahayakla kommt in den Raum, als der Gnom wieder zu Bewusstsein kommt und aufspringt. „Aahh, ein Kobold!", ruft Fahayakla, nimmt Anlauf und kickt ihn aus dem Fenster. Dieser fliegt im hohen Bogen in den Innenhof und zerplatzt beim Aufprall. Arentor spricht: „Gnom, kein Kobold." Fahayakla antwortet: „Ach, alles dasselbe. Klein, grün und hässlich. Ich kann die nicht ausstehen. Ich mache mich mit Sordied auf den Weg in die Anderswelt. Ich wollte nur Bescheid sagen, dass wir weg sind." Arentor schaut Fahayakla an. „Ist gut, bitte beeilt euch, ich befürchte wir brauchen eure Hilfe im Baumelfen- Reich." „Sobald wir meinen Gemahl befreit haben, werden wir ins Baumelfen-Reich gehen." Fahayakla verlässt den Raum und geht zu Sordied, der mittlerweile in der Bibliothek sitzt und in mehreren Büchern am Nachschlagen ist. „Also, mein Bester, wie befreien wir meinen Gemahl aus seinem Gefängnis in der Anderswelt?" Sordied ist vertieft in seine Bücher. „Wie genau ist er denn verstorben, und wo ist sein Leichnam?" Fahayakla antwortet ihm in tiefer Trauer. „Er ist zusammen mit dem Drachenkönig in einen Vulkan gestürzt. Es ist nichts mehr von ihm übrig." Sordied lässt seine Schultern hängen und neigt den Kopf. „Das ist so typisch für den Poser. Jetzt haben wir das Problem, dass wir erst einmal herausfinden müssen, in welcher Welt er gefangen ist." Fahayakla fängt an zu weinen. „Er ist in meiner Welt gefangen! Mein Vater hat ihn verflucht, sodass er dort wieder zum Leben erwacht. So wollte mein Vater sich an ihm rächen. Weil Bekklec mich damals aus seinen Fängen gerettet hat." Sordied überlegt. „Vor dem eigenen Vater gerettet! Das sind sehr merkwürdige Familien-Verhältnisse. Ich will das gar nicht so genau wissen. Um in deine Welt zu kommen, brauchen wir allerdings ein paar Zutaten. Deinen Familienring. Blut einer Dämonin, die in dem Feuer der Hölle geboren wurde. Drachenfeuer und Erde aus deinem Grab, wo Leben entspringt. Hast du eine Idee, wo wir das auftreiben können?" Fahayakla denkt nach, und nach einer Weile antwortet sie: „Ja, ich weiß, wo wir das alles herbekommen. Es wird allerdings nicht einfach." Sordied ist beruhigt, dass die Zutaten aufzufinden sind. „Einfach kann jeder, dann lass uns mal losgehen. Je eher wir zurück sind, desto eher können wir dem König mit dem Baumelfen-Reich helfen." Fahayakla und Sordied packen ein paar Sachen ein und machen sich auf den Weg.

Mattias und die Zwerge

Arentor hat Mattias zu sich rufen lassen. Sie stehen im Thronsaal, wo Elena gerade den Aufgaben von Arentee nachgeht. Arentor gibt Mattias eine Schriftrolle. „Bring dies zum Zwergen-König Grumbart. Ich lade ihn oder seine Vertreter dazu ein, eine Allianz mit uns und den Baumelfen einzugehen. Sollte er Hilfe beim Krieg mit den Gnomen benötigen, bin ich gewillt, ihm Truppen zu schicken." Mattias nickt und macht sich auf den Weg. Elena sagt zu ihrem Vater: „Die Zwerge führen Krieg mit den Gnomen? Und du willst den Zwergen zu Hilfe kommen! Während wir selbst eine Schlacht mit den Trollen führen. Hältst du das für strategisch klug?" Arentor schaut Elena zuversichtlich an. „Nun, die Zwerge werden keine Hilfe benötigen. Sie haben schon immer Hilfe abgelehnt. Wollten aber immer welche angeboten bekommen. Es ist nur ein Zeichen des guten Willens. Außerdem hat sich Cheppard schon in den Krieg eingemischt. Da wird nicht viel für uns übrig bleiben. Es ist aber eine Bedingung von ihm, um uns in der Schlacht gegen die Trolle zu helfen." Elena ist verwundert. „Cheppard bei den Zwergen! Waren es nicht einst die Zwerge, die verlangten, dass du die Magie verbietest?" „Nein, es war eine Bedingung der Orcs. Die Zwerge haben sich dieser nur angeschlossen. Ich hoffe, sie wissen, dass es ein Fehler von ihnen war. Wir werden sehen, was passiert." Arentor setzt sich auf den Thron und schaut Elena noch eine Weile zu, wie sie ihren Verpflichtungen nachgeht.

Mattias ist unterwegs in Richtung Südosten. Er bemerkt, dass er schneller laufen kann, als sein Pferd ihn tragen könnte. Er ist verwundert und fragt sich, ob das mit den Zeichen zu tun hat, die er von den Schatten verpasst bekommen hat. Nach einer Weile kommt er durch ein dunkles Waldstück, wo ein kleines

Mädchen auf der Straße sitzt und weint. Er fragt das Mädchen: „Was hast du und was machst du an diesem finsteren Ort?" Fünf Räuber springen aus der Hecke und stellen sich um Mattias im Kreis. Das Mädchen springt auf und läuft davon. Einer der Räuber zieht sein Schwert und droht Mattias. „Gib uns deine Habe, und wir verschonen dein Leben." Mattias erwidert: „Ihr wagt es, den Boten des Königs Arentor zu bestehlen?" Der Räuber holt mit seinem Schwert aus und zielt auf den Hals von Mattias. Als das Schwert den Hals berührt, zerspringt es in tausend Teile. Die Räuber sind fassungslos, und auch Mattias versteht die Situation nicht. Sie ergreifen die Flucht. Mattias bleibt noch einen Moment stehen und versucht zu verstehen, was gerade passiert ist. Völlig ahnungslos macht er sich auf die Weiterreise. Abends kommt er an der Grenze zu den Drachenlanden an und nimmt sich in einer Taverne ein Zimmer, um die Nacht dort zu verbringen. Mitten in der Nacht erscheint eine in Schwarz gehüllte Person schwebend vor seinem Bett. Mattias wird wach, erschreckt und fragt: „Wer seid Ihr und was wollt Ihr?" Die Person antwortet nicht. Sie streckt die Hand nach Mattias aus, doch bevor sie ihn erreichen kann, wacht er wieder auf. Er fragt sich: *War das nur ein Traum?* Vor seinem Bett entdeckt er ein paar Stiefel, die bislang nicht dort gestanden hatten. „Merkwürdig, was passiert hier?" Nach einer Weile legt er sich wieder hin und schläft weiter.

Am nächsten Morgen zieht er die Stiefel, die nachts erschienen sind, an. Sie passen perfekt. Er geht zum Wirt, bedankt sich für die Gastfreundschaft und macht sich auf den Weg. Es führt ein schmaler Weg vorbei an den Drachenlande, den er beschreiten muss, um in die Zwergenlande zu kommen. Der Weg führt über einen steilen, zugeschneiten Bergpass. Auf wundersame Art ist ihm weder kalt noch warm, und mit den neuen Stiefeln ist er noch schneller als zuvor. Abends steht er vor den Toren zu den Zwergenlanden. Ein Zwerg kommt zu ihm und spricht: „Ihr habt hier keinen Zutritt. Kehrt um und lasst ab von Eurem Vorhaben." Mattias schaut ihn an und erwidert: „König Arentor schickt mich, ich soll Eurem König Grumbart diese Schriftrolle bringen und ihm oder seinen Vertretern anbieten, zu ihm zu kommen. Um die Verhandlungen zwecks einer Allianz wieder aufzunehmen." Der Zwerg ist verwundert. „Cheppard hat euch angekündigt. Wir dachten nur nicht, dass Ihr so schnell hier seid. Kommt, ich zeige Euch ein Zimmer. Morgen könnt Ihr Euer Anliegen dem König vortragen. Für heute ist es zu spät, um weiterzureisen." Mattias bedankt sich für die Gastfreundschaft, und beide gehen in einen der Wachtürme. Der Zwerg zeigt Mattias eine Tür. „Da, Euer Zimmer für die Nacht, Ihr werdet verstehen, dass wir Euch bis morgen Früh einsperren müssen. Wir können Euch ja nicht frei hier rumlaufen lassen." Mattias nickt. „Selbstverständlich, seid gewiss, von mir habt ihr nichts zu befürchten." Mattias geht in das spärlich ausgestattete Zimmer. Hinter sich hört er, wie die Tür verschlossen wird. Auf einem kleinen Tisch steht eine warme Mahlzeit. Er isst und legt sich schlafen.

Als er am nächsten Morgen erwacht, stehen Cheppard und zwei Zwerge in seinem Zimmer. Mattias fragt: „Wer seid Ihr?" Cheppard antwortet: „Sehr interessante Male habt Ihr am Körper. Ihr seid also der Nachkömmling!" Mattias versteht nichts. „Ich bin was?" Cheppard hebt seine Hand in Richtung Mattias und trifft ihn mit einem Blitz. Auf Mattias Rücken entsteht entlang der Wirbelsäule eine Tätowierung in Form eines Blitzes. Mattias fällt in Ohnmacht. Cheppard spricht zu den Zwergen. „Bringt ihn zu Grumbart. Ich muss zurück an die Front und die Gnome aufhalten." Die Zwerge nicken und schleifen Mattias aus dem Zimmer. Auf dem Boden liegend wird Mattias wieder im Thronsaal vor Grumbart wach. Grumbart spricht zu ihm. „Mein Name ist Grumbart. Ich bin der König aller Zwerge, was führt Euch zu mir?" Bevor Mattias antworten kann, taucht ein Sarg neben ihm aus dem Boden auf, der sich öffnet. Man hört Fahayakla daraus meckern. „Du könntest hier mal aufräumen und putzen. Man weiß ja gar nicht, wo man langlaufen soll. Ist das ekelig hier drinnen!" Die Stimme von Sordied ertönt aus dem Sarg. „Hör auf zu meckern. Das ist besser, als sich von irgendwelchen Winden herumtragen zu lassen. Besonders muss man nicht darauf achten, dass man den richtigen Wind erwischt. Ist doch eine Scheiß-Thermik auf diesem Planeten. Da vorne geht es links.

DAS ANDERE LINKS!" Fahayakla und Sordied steigen aus dem Sarg. Fahayakla begrüßt Grumbart. „Grumbart, mein kleiner sexy Liebling. Schön, Euch zu sehen." Fahayakla klemmt die Beine zusammen und wird ganz verwegen. Sordied scheuert ihr eine auf den Hinterkopf. „Sag mal, geht's noch, musst du einfach alles und jeden besteigen?" Sordied hebt seinen Stab in die Luft. Neben Fahayakla taucht eine Dämonenwache auf, die sie packt und zurück in den Sarg schleppt. Sordied spricht zu Grumbart. „Verzeihung, König Grumbart, ihr Gemahl ist verschwunden, und sie weiß zurzeit nicht, was sie tut." Grumbart antwortet: „Ich verstehe, sie hat Glück, dass meine Frau nicht in der Nähe ist. Was beschert mir die Ehre Eurer Anwesenheit?" Sordied antwortet: „Wir müssen zu Fahayaklas Kindern und wollten Euch vorher um Erlaubnis fragen. Da diese bei Euch zu Hause sind." Grumbart ist erfreut. „Aber selbstverständlich dürft Ihr. Habt Dank, dass Ihr vorher fragt. Die Kleinen machen sich sehr gut und werden immer größer." Sordied nickt dankend Grumbart zu. Als er sich umdreht und in den Sarg steigen will, erblickt er Mattias. „Was soll denn das werden? Nimm gefälligst Haltung an." Er macht eine Handbewegung, und Mattias wird hochgeschleudert und landet stehend auf dem Platz, wo er gelegen hat. Sordied steigt in den Sarg, und als dieser sich verschließt und verschwindet, hört man seine Stimme noch kurz. „Hör auf, meine Dämonenwache zu ficken." Grumbart wendet sich wieder Mattias zu. „Wo waren wir stehengeblieben? Ach ja, was wollt Ihr von mir?" Mattias antwortet: „König Arentor schickt mich, um Euch diese Schriftrolle zu übergeben. Er lädt Euch oder Eure Vertreter dazu ein, die Verhandlungen zwecks einer Allianz wieder aufzunehmen, und solltet Ihr im Krieg gegen die Gnome Unterstützung benötigen, so ist er gewillt, Euch Truppen zu schicken." Grumbart ist erfreut und lacht. „Habt Dank, aber Cheppard hat die Gnome im Griff. Mein Sohn kämpft an seiner Seite. Sobald wir die Gnome zurückgeschlagen haben, schicke ich meinen Sohn zwecks Verhandlungen nach Nefesto. Auch wir sind an einer Allianz interessiert, obwohl Arentor sich nicht an die Friedensverträge gehalten hat. Richtet ihm meine besten Grüße aus. Und nun geht und berichtet ihm." Mattias gibt ihm die Schriftrolle und will sich gerade auf den Weg machen, als er sich in einen Blitz verwandelt und in Luft auflöst.

Im Thronsaal von Nefesto blitzt es, und auf einmal steht Mattias mitten im Raum. Elena erschreckt. „Ah, ihr seid also Cheppard begegnet. Lasst den Unfug und berichtet, was Ihr zu sagen habt." Nachdem Arentor hinzugekommen ist, berichtet Mattias, was ihm widerfahren ist.

Die Trolle greifen an

Marreck inspiziert gerade die Bau-Fortschritte an der Grenze, als eine Wache vom Wachturm laut ruft. „Die Trolle sind da!" Es wird Alarm geschlagen. Im Lager machen sich alle bereit und bewaffnen sich. Marreck steht einen Moment erschrocken da, als ob er erstarrt ist. Er rennt auf den Wachturm und schaut an den Horizont. Er sieht eine große Staubwolke, aus der mehr und mehr Truppen der Trolle erscheinen. Der Hauptmann kommt zu ihm. „Mein Herr, wie lauten Eure Befehle?" Marreck ist sich nicht ganz sicher. „Bringt die Bogenschützen und Kampfmagier in Stellung. Die Truppen sollen sich bereithalten. Wir warten ab und hoffen, dass mein Bruder mit Verstärkung bald eintrifft. Wir müssen die Stellung halten, bis er hier ist." Der Hauptmann läuft los und leitet die Befehle weiter. Metepho kommt in Rüstung aus einem Portal zu Marreck. „Es ist also soweit. Wir sollten auf das beste hoffen und mit dem Schlimmsten rechnen." Die beiden schauen der Troll-Armee zu, wie sie näher und näher kommt. Als sie die Hälfte des Weges hinter sich gebracht haben, hält die Armee an. Ein kleiner blauer Troll läuft in die Mitte des verbliebenen Stückes und wartet. Metepho spricht zu Marreck. „Kommt, wir hören uns an, was der Troll zu sagen hat." Marreck nickt, und beide reiten zu dem Troll. Der Troll fängt an zu reden. „Mein Herr und Gebieter lässt Euch ausrichten, dass wir keine Kapitulation dulden. Ihr habt ausschließlich jetzt die Möglichkeit, das Baumelfen-Reich zu verlassen und es den Trollen zu überlassen. Ansonsten seid ihr alle des Todes." Marreck ergreift das Wort. „Das Baumelfen-Reich steht unter dem Schutz vom Königreich Selmir. Wir geben euch einmalig die Chance, euch zurückzuziehen und nicht wieder hierher zurückzukommen." Metepho schließt sich Marreck an. „Die Baumelfen werden ihr Reich bis zum Tode verteidigen. Kehrt um, bevor ihr einen nicht reparablen Schaden anrichtet." Der Troll fängt an zu lachen. „Also wählt ihr den Tod. Vorzüglich, ich werde es meinem Herrn ausrichten." Der Troll kehrt um und verschwindet in der Masse der Troll-Armee. Metepho und Marreck kehren zurück zu ihren Truppen. Der Hauptmann kommt zu ihnen. „Kleinere Verbände der Trolle lösen sich von der Armee und greifen an." Marreck gibt Befehl. „Die Bogenschützen und die Magier sollen sie aufhalten. Vielleicht gelingt es uns, ihre Armee auszudünnen." Marreck und Metepho gehen wieder auf den Wachturm. Sie erkennen riesige Katapulte, die am Horizont sichtbar werden. Metepho sagt zu Marreck: „Sobald die Katapulte in Reichweite sind, werden wir diese Stellung nicht mehr halten können." „Ja, ich weiß, wir warten ab, bis sie fast in Reichweite sind. Dann müssen wir losmarschieren und hoffen, dass bis dahin Verstärkung eingetroffen ist." Metepho fragt Marreck: „Seid Ihr bereit, Eure Männer in die Schlacht zu führen?" Marreck wirkt bedenklich. „Welch ein Heerführer wäre ich, wenn ich freiwillig meine Männer in den Tod führen würde?" Metepho ist verwundert über die Antwort und merkt an: „Ihr seid wahrlich weise, und das bewundere ich an Euch. Doch seid Ihr nicht für das Schlachtfeld gemacht. Bedenkt bitte Eure Entscheidungen genau. In einem Krieg wird es immer Verluste geben." Marreck geht zu seinem Hauptmann. „Macht euch bereit! Sobald die Katapulte in Reichweite sind, müssen wir angreifen." Die Soldaten bringen sich hinter dem Tor der Grenze in Stellung. An der Spitze Marreck und Metepho auf Pferden. Am Abend sind die Katapulte fast in Reichweite. Immer wieder landen brennende Felsbrocken vor der Grenze. Marreck und Metepho heben ihre Schwerter. Beide rufen: „Öffnet das Tor!" Metepho schwingt sein Schwert nach vorne und ruft: „Für unser Reich und die Elfen!" Er reitet los, und seine Truppen folgen ihm. Marreck schwingt sein Schwert nach vorne und ruft: „Für das Königreich und seine Verbündeten!" Auch er reitet los, und auch ihm folgen seine Truppen. Beide Armeen treffen aufeinander, und die Situation fängt an zu eskalieren. Es gibt zahlreiche

Verluste auf beiden Seiten. Marreck wird von seinem Pferd gestoßen und geht zu Boden. Er schafft es, die Angriffe zu parieren und sich wieder aufzustellen. Er schaut sich um und sieht nur Tod, Blut und Verderben. Er reißt sich zusammen und kämpft weiter. Er ruft zu Metepho und zu seinem Hauptmann, während er einen Troll nach dem anderen tötet: „Wir müssen die Katapulte zerstören!" Vor Metepho steht ein riesiger Troll mit einer Keule. Er ist dreimal so groß wie Metepho auf dem Pferd. Er schwingt seine Keule und katapultiert das Pferd gut fünfzig Meter auf die Seite. Metepho springt vom Pferd, bevor der Troll es getroffen hat. Er rennt auf den riesigen Troll zu. Rutscht zwischen seinen Beinen hindurch und schneidet ihm die Sehnen durch. Nachdem der Troll zu Boden geht, springt er auf ihn und rammt ihm sein Schwert durch den Rücken ins Herz. Er ruft zu Marreck: „Da müssen wir erst mal hinkommen!" Stundenlang gehen die Kämpfe so weiter, bis der Hauptmann an die Katapulte kommt. Er zündet sie an, und sie brennen lichterloh. Daraufhin wird der Hauptmann von Trollen getötet, und Marreck musste es mit ansehen. Die Reihen von der Troll-Armee scheinen kein Ende zu nehmen. Metepho gibt den Befehl zum Rückzug. Es wird dunkel über dem Schlachtfeld. Einzig die in Flammen stehenden Katapulte erhellen das Feld. Die Trolle verfolgen die Truppen von Metepho und Marreck nicht. Sie sammeln sich und versuchen die Katapulte zu retten. Nachdem die Überlebenden im Lager an der Grenze angekommen sind, werden die Tore verschlossen. Marreck und Metepho informieren sich, wie viele Verluste es gibt. Nicht einmal die Hälfte hat es überlebt. Auf dem Schlachtfeld liegen Hunderte getötete Soldaten, Elfen und Trolle. Es ist ein Bild der totalen Verwüstung. Als Marreck und Metepho ihre Wunden versorgen lassen, sagt Marreck: „Das ist Wahnsinn, einfach nur Wahnsinn. Wo ist Arentee, und wo sind die Schatten?" Metepho antwortet: „Krieg ist immer Wahnsinn. Arentee ist auf dem Weg und die Schatten. Nun, das ist nicht ihr Kampf. Sie sind weit verstreut." Am nächsten Morgen, als die Sonne wieder aufgeht, erkennt man erst das komplette Ausmaß der gestrigen Schlacht. Die Trolle machen sich auf in

Richtung Grenze. Die Leichen halten sie etwas auf. Vereinzelt stoßen Truppen nach vorne und greifen die Grenze an. Kampfmagier und Bogenschützen schaffen es gerade so, sie in Schach zu halten. Marreck und Metepho sammeln die verbliebenen Truppen hinter dem Tor. Metepho spricht zu Marreck: „Wir müssen um jeden Preis diese Stellung halten, bis Arentee eintrifft." Marreck überlegt. „Was ist mit den Schwarzelfen, werden sie kommen und uns helfen?" Enttäuscht antwortet Metepho: „Nein, ihr Preis war viel zu hoch. Wir sind auf uns allein gestellt." Marreck ist überrascht. „Schaut euch diese Zerstörung an. Welcher Preis hätte das verhindern können?" „Die Schwarzelfen wollten Euer Leben, Marreck. Das konnte ich unmöglich zulassen." Marreck ist schockiert. Er versteht nicht, warum sie ausgerechnet sein Leben haben wollten. Die Troll-Armee kommt näher und näher. Die Angriffe werden immer stärker. Metepho, Marreck und die restlichen Truppen machen sich wieder bereit, das Tor zu öffnen und weiterzukämpfen. Von Arentee und der Verstärkung fehlt jede Spur. Selbst die Sanitäter, Boten und Köche greifen zu den Waffen, um die Stellung zu halten. Am frühen Vormittag werden die Angriffe so heftig, dass ihnen keine andere Wahl bleibt, als das Tor zu öffnen und wieder hinaus in den Kampf zu ziehen. Es ist wieder ein Gemetzel, und es gibt wieder zahlreiche Verluste auf beiden Seiten. Die Trolle lassen nicht ab und es kommt einem so vor, dass zwei Trolle nachkommen, wenn man einen tötet. Es scheint so, als wenn die Troll-Armee kein Ende nimmt. Hoffnungslosigkeit macht sich in Marreck breit, und er ist der Überzeugung, dass er sein Leben in der Schlacht verlieren wird. Nur: Wenn er stirbt, will er so viele Trolle wie möglich mitnehmen. So kämpft er Stunde um Stunde weiter.

Die Suche nach Bekklec

Sordied und Fahayakla kommen in die Taverne des Mondes. Sordied fragt: „Was wollen wir hier?" Ludmilla kommt zu ihnen. „Meine Herrin, schön Euch zu sehen. Euer Gemahl ist noch unterwegs. Kann ich etwas für Euch tun?" Fahayakla nickt. „Komm, wir müssen etwas besprechen, aber nicht hier." Ludmilla zeigt auf die Tür, die zum Hinterzimmer führt. Fahayakla sagt zu Sordied: „Trinkt etwas, ich kümmere mich allein darum." Sordied setzt sich an einen Tisch. Fahayakla verschwindet im Hinterzimmer. Ludmilla folgt ihr mit gesenktem Kopf. Nach einer kurzen Zeit hört man Gepolter und Stöhnen aus dem Zimmer. Sordied schüttelt den Kopf. „Das darf ja wohl nicht wahr sein." Der Wirt kommt zu ihm und stellt ihm einen Rum auf den Tisch. „Wundert euch nicht, Sordied. Je länger Fahayakla von Bekklec getrennt ist, desto schlimmer wird Fahayakla. Er ist der Einzige, der sie zähmen kann. Einmal hat sie sogar …" Sordied unterbricht ihn. „Schon gut. So genau will ich es nicht wissen. Aber danke für die Info. Woher kennt Ihr meinen Namen, und warum wisst Ihr, wer ich bin?" Der Wirt zeigt auf ein Bild an einer Wand. Darauf zu sehen sind die Bilder der Schatten, darunter stehen die Namen und was sie bevorzugt trinken. Die Überschrift lautet: Herzlich willkommen und eingeladen. „Jeder hier weiß, wer Ihr seid. Bekklec hat Euch nie vergessen und sich dafür eingesetzt, dass Ihr wiederkommen dürft." Sordied ist gerührt. „Ich danke Euch, es ist schön zu wissen, dass ich nach so vielen Jahren immer noch ein Zuhause habe. Ich gehe jetzt aber lieber mal schauen, was da so lange dauert. Wir haben noch eine weite Reise vor uns." Sordied hebt das Glas vor seinen Schädel und inhaliert den Rum. „Köstlich, habt Dank." Danach steht er auf und geht in das Hinterzimmer. Fahayakla lässt sich gerade von Ludmilla verwöhnen. Sordied sagt wütend: „Das kann ja wohl nicht wahr sein. Dafür haben wir keine Zeit!" Er macht eine Handbewegung, und Ludmilla wird kopfüber an die Wand geschleudert. Er stellt einen Eimer unter sie und ritzt ihr die Pulsadern auf. Ludmilla fängt an zu betteln. „Herrin, ich habe Euch doch immer brav gedient. Bitte helft mir!" Fahayakla springt auf und hält Sordied eine Phiole hin. „Hör auf! Ich habe ihr Blut doch schon bekommen." Sordied ritzt Ludmilla von oben bis unten auf. Reißt ihr noch schlagendes Herz heraus und verleibt es sich ein. „Du hast deine Schwäche und ich meine." Sprachlos steht Fahayakla im Zimmer, als plötzlich Ludmilla die Tür eintritt und sehr wütend hereinkommt. Sie erblickt ihre Leiche an der Wand und wendet sich Sordied zu. „Du Bastard, weißt du, wie weh das tut? Ich mach dich fertig." Als sie auf ihn losgehen will, macht Sordied eine Handbewegung und schleudert Ludmilla immer wieder an die Decke und zu Boden. Als diese bewusstlos wird, schleudert er sie auf ihre Leiche, die immer noch an der Wand hängt. Ludmilla klatscht bewusstlos vor ihrer Leiche zu Boden. Fassungslos sagt Fahayakla: „Damit habe ich jetzt nicht gerechnet." Sordied erwidert: „Du kennst dich wohl nicht wirklich mit Dämonen aus. Lass uns gehen. Wir brauchen noch mehr Zutaten." Fahayakla schmiegt sich an Sordied, beide lösen sich auf und verschwinden in einem Luftzug, der durchs Zimmer weht. Sobald sie weg sind, fällt die Leiche von der Wand auf Ludmilla. Der Wirt kommt herein und schaut sich um. „Och nö, nicht schon wieder!"

Fahayakla erscheint auf der Insel vor ihrem Grab. Sie schaut sich um und wundert sich, wo Sordied ist. Dieser taucht einhundert Meter über dem Meer wieder auf. Er fällt ins Meer und geht wie ein Stein unter. Er läuft über den Meeresboden auf die Insel zu Fahayakla. „Ich hasse das! Mach das nie wieder. Wie soll ich denn den richtigen Wind erwischen, wenn ich keinen Wind spüren kann!" Fahayakla kichert. „Sorry!" Sie fängt an, sich an dem Baum zu reiben, der auf ihrem Grab steht. Sordied macht eine Handbewegung, und Fahayakla wird ins Meer geschleudert. Durchnässt kommt sie wieder zu Sordied, der sagt:

„Geht's wieder? Warum kannst du dich einfach nicht zusammenreißen?" Fahayakla antwortet; „Das liegt an Bekklec. Er ist der Einzige, der mir die Befriedigung verschaffen kann, die ich brauche." Sordied ist irritiert. „Wie jetzt? Macht der das so gut, oder was?" „Nein, sein Blut stärkt mich, und wenn ich es nicht bekomme, dann muss ich mir halt anderweitig einen Ersatz besorgen. Deshalb wollte ich ja deine Hilfe." Sordied versteht so langsam. „Okay, aber versuch dich zusammenzureißen. Bist ja bald wieder mit ihm vereint." Sordied steigt in ihr Grab hinunter und schöpft etwas Erde, aus der eine Wurzel herauswächst. Nachdem er fertig ist, geht er zurück an die Oberfläche, wo Fahayakla wartet. „So, Blut und Erde haben wir jetzt. Hast du deinen Ring bei dir?" Fahayakla hält ihm ihre Hand hin. „Natürlich, siehst du, den habe ich immer bei mir." Sordied schaut ihn sich an. „Merkwürdiges Metall, habe ich noch nie gesehen. Okay, hast du eine Ahnung, wo wir Drachenfeuer herbekommen, ohne geröstet zu werden?" Fahayakla überlegt kurz. „Ja, von meinen Kindern. Da müssen wir aber zuerst die Zwerge um Erlaubnis fragen." „Deine Kinder! Du hast doch wohl nicht mit einem Drachen geschlafen, oder? Ist das überhaupt möglich? Ich will es eigentlich gar nicht so genau wissen." „Nein, Dummerchen. Ich habe sie vor dem Sterben gerettet und bei den Zwergen in Sicherheit gelassen. Sie bewachen die Tore zur Mine der Hölle." Fahayakla schmiegt sich an Sordied, der sie von sich abstößt. „Nein, nein, nein, nein. Diesmal nicht, das machen wir auf meine Art." Vor den beiden taucht ein Sarg aus dem Boden auf, der sich öffnet. Beide steigen hinein. Er schließt sich wieder und verschwindet im Boden.

Im Thronsaal der Zwerge taucht der Sarg wieder aus dem Boden auf und öffnet sich. Man hört Fahayakla daraus meckern. „Du könntest hier mal aufräumen und putzen. Man weiß ja gar nicht, wo man langlaufen soll. Ist das ekelig hier drinnen!" Die Stimme von Sordied ertönt aus dem Sarg. „Hör auf zu meckern. Das ist besser, als sich von irgendwelchen Winden herumtragen zu lassen. Vor allem muss man nicht darauf achten, dass man den richtigen Wind erwischt. Ist doch eine Scheiß-Thermik auf diesem Planeten. Da vorne geht es links. DAS ANDERE LINKS!" Fahayakla und Sordied steigen aus dem Sarg. Fahayakla begrüßt Grumbart. „Grumbart, mein kleiner sexy Liebling. Schön, Euch zu sehen." Fahayakla klemmt die Beine zusammen und wird ganz verwegen. Sordied scheuert ihr eine auf den Hinterkopf. „Sag mal, geht's noch, musst du einfach alles und jeden besteigen?" Sordied hebt seinen Stab in die Luft. Neben Fahayakla taucht eine Dämonenwache auf, die sie packt und zurück in den Sarg schleppt. Sordied spricht zu Grumbart. „Verzeihung, König Grumbart, Ihr Gemahl ist verschwunden, und sie weiß zurzeit nicht, was sie tut." Grumbart antwortet. „Ich verstehe, sie hat Glück, dass meine Frau nicht in der Nähe ist. Was beschert mir die Ehre Eurer Anwesenheit?" Sordied antwortet: „Wir müssen zu Fahayaklas Kindern und wollten Euch vorher um Erlaubnis fragen. Da diese bei euch zu Hause sind." Grumbart ist erfreut. „Aber selbstverständlich dürft Ihr. Habt Dank, dass ihr vorher fragt. Die Kleinen machen sich sehr gut und werden immer größer." Sordied nickt dankend Grumbart zu. Als er sich umdreht und in den Sarg steigen will, erblickt er Mattias, der neben dem Sarg auf dem Boden liegt. „Was soll denn das werden? Nimm gefälligst Haltung an." Er macht eine Handbewegung, und Mattias wird hochgeschleudert und landet stehend auf dem Platz, wo er gelegen hat. Sordied steigt in den Sarg, und als dieser sich verschließt und verschwindet, hört man seine Stimme noch kurz. „Hör auf, meine Dämonenwache zu ficken!"

In einem entlegenen Tal in den Zwergenlanden taucht der Sarg wieder auf. Sordied steigt heraus und schaut sich um. „Alles klar, kannst rauskommen." Fahayakla steigt mit gefesselten Händen und geknebelt aus dem Sarg. „Mmmmmh aaaaah mmmhmhmhmahahamahamahaa!" Sordied ist amüsiert. „Was erwartest du nach der Nummer bei Grumbart!" In diesem Moment wird Sordied von einem riesigen Drachenschwanz erwischt und auf die andere Seite des Tals katapultiert. Während des Fluges schreit er: „WAS FÜR EINE SCHEIßE!" Nach einer Weile kommt er zurück zu Fahayakla und dem Drachen. Sie streichelt dem Drachen über den Kopf. „Da bist du ja endlich! Ich habe alles, was wir brauchen – und jetzt?" Sordied zeigt mit zwei Fingern in seine Augenhöhlen und dann auf den Drachen. Dieser ist wenig beeindruckt und hustet Sordied an. Woraufhin er voller Ruß ist. Sordied klopft sich den Ruß von der Robe. „Wir müssen in meinen Tempel!" Er steigt wieder in seinen Sarg und wirft dabei dem Drachen noch einen bösen Blick zu. Fahayakla gibt dem Drachen einen Kuss auf seine Stirn und sagt: „Hast du gut gemacht, mein Lieber." Danach steigt sie in den Sarg und folgt Sordied, der den ganzen Weg kein Wort mehr sagt.

Im Tempel angekommen, breitet Sordied die Hälfte der Erde auf seinem Altar aus. Fahayakla drückt ihren Ring hinein, sodass ein Abdruck des Rings entsteht. Sordied füllt diesen mit ein paar Tropfen Blut aus der Phiole. Fahayakla öffnet ihre Hand darüber und lässt ein paar kleine Flammen darauf hüpfen. Sordied fängt an, aus seinem roten Buch vorzulesen. Niemand würde diese Sprache verstehen. Als er fertig ist, klappt er das Buch zu und schaut Fahayakla an. „UPS!" Sie ist etwas irritiert und fragt: „Was genau bedeutet UPS?" Unter den beiden öffnet sich ein schwarzes Loch, und beide fallen hinein. Danach verschwindet das Loch, und der Tempel bleibt ohne sie zurück.

Die Verstärkung trifft ein

Marreck kämpft verzweifelt auf dem Schlachtfeld. Er sieht, wie immer mehr Elfen und Soldaten abgeschlachtet werden. Die Trolle werden immer größer und stärker. Einzig Metepho ist wild entschlossen und kämpft, als ob es kein Morgen gibt. Anhand der Lage ist dies auch sehr wahrscheinlich. Als die Niederlage unmittelbar bevorsteht, hört man aus der Ferne, dass ein Kriegshorn von Selmir geblasen wird. Einen kurzen Moment bleibt alles ruhig auf dem Schlachtfeld. Arentee kommt mit mehr Truppen durch das Tor an der Grenze und geht sofort zum Angriff über. Immer mehr Soldaten stürmen durch das Tor, und Marreck schöpft neue Hoffnung. Auch die Trolle verstärken ihre Truppen, und es strömen immer stärkere Trolle herbei. Ein sechs Meter großer Riesentroll greift Arentee an und tritt ihn von seinem Pferd. Marreck eilt zu ihm und schneidet dem Troll die Sehnen durch. Als dieser schmerzhaft zu Boden geht, köpft ihn Arentee. Er spricht zu Marreck: „Netter Trick, schau dir aber nicht so viel bei den Elfen ab." Marreck ist völlig außer Atem und am Ende seiner Kräfte. „Wo sind die Schatten? Wir brauchen hier alles, was wir haben. Die Troll-Armee ist viel größer als gedacht." Seite an Seite kämpfen die beiden und töten einen Troll nach dem anderen, während Arentee antwortet: „Einige sind beschäftigt, und andere sind unterwegs. Hier müssen wir alleine zurechtkommen. Hast du einen Plan, wie wir Boden gutmachen können?" Marreck schaut sich um und überlegt, während er um sein Leben kämpft. „Wir müssen eine Schneise durch die Mitte brechen. Dann können wir sie trennen und ausdünnen." Arentee widerspricht. „Kein Wunder, dass du am Verlieren bist. Dann wären wir umstellt und in der Falle. Die äußeren Spitzen müssen nach vorne stoßen, so können wir sie an der Front in die Enge treiben. Metepho gib den Befehl!" Metepho, der sich gerade um einen acht Meter großen Riesentroll kümmert, macht eine umgekehrte Schwimm-Bewegung. Die Soldaten und Elfen konzentrieren ihre Angriffe auf die äußeren Flanken des Schlachtfeldes. Der Plan scheint kurzfristig Erfolg zu haben. Plötzlich kommen brennende Steine aus den hinteren Reihen der Trolle nach vorne geflogen. Marreck schreit herum. „Achtung, sie haben noch mehr Katapulte!" Arentee und Metepho kämpfen sich immer tiefer in die Schlacht. Marreck versucht alles, um mitzuhalten, der Abstand zu ihnen wird immer größer. Bald darauf kann sich Marreck kaum noch auf den Beinen halten. Vor ihm färbt sich der Boden schwarz, und die Trolle, die darauf treten, sterben. Um ihn herum fängt es an zu blitzen, und noch mehr Trolle sterben. Marreck versteht nicht, was passiert, als plötzlich Cheppard hinter ihm auftaucht. „Du willst der Sohn deines Vaters sein? Reiß dich gefälligst zusammen. Du jämmerlicher Heerführer!" Marreck schaut ihn mit leerem Blick an. „Die, die Trolle, sie werden immer größer und stärker. Wir haben keine Chance gegen sie." Ein acht Meter großer Troll rennt auf Cheppard zu. Er streckt seine beiden Hände in die Luft, und der Troll fängt an zu schweben. Danach reißt er die Arme auseinander, als wollte er sagen: Hier bin ich. Der Troll wird in der Mitte zerrissen, und die beiden Hälften fliegen nach links und rechts übers Schlachtfeld. Cheppard schaut Marreck an. „Du bist einfach nur schwach und jämmerlich. Geh nach Hause und heule dich bei Daddy aus." Ein dumpfes Horn wird in der Troll- Armee geblasen. Man merkt, dass die Trolle an der Front ablassen und, soweit es geht, zur Seite versuchen zu kommen. Man erkennt in der Ferne eine riesige Staubwolke, die sich sehr schnell in Richtung Grenze bewegt. Als sie Arentee und Metepho erreicht, werden die beiden von Bisons, die von Trollen geritten werden, überrannt. Cheppard stellt sich in die Mitte des Schlachtfeldes und streckt seine Arme auseinander. Er fängt an zu schweben. Der Boden vor ihm färbt sich schwarz, und Blitze schlagen überall vor ihm in den Boden. Weder Bison noch Reiter überleben diesen Angriff. Die Troll-Armee zieht sich zurück in die Berge. Zurück bleibt ein mit Leichen übersätes Schlachtfeld. Marreck läuft so schnell er kann zu Arentee. Dieser liegt mit einem Speer in der Brust totgetrampelt am Boden. Metepho liegt schwer verletzt daneben. Marreck bricht in Tränen über seinem Bruder zusammen. „Arentee, es tut mir leid, es ist nur meine Schuld." Cheppard kommt mit ein paar Soldaten zu Marreck. Er befiel den Soldaten: „Bringt Metepho zu den Heilern. Verbrennt die Trolle und begrabt unsere Verluste. Bringt Arentee nach Nefesto, er soll dort beigesetzt werden." Danach greift er Marreck am Kragen und zerrt ihn von seinem Bruder weg in Richtung Grenzlager. „Kommt, jetzt ist nicht die Zeit zum Trauern, die Trolle werden wiederkommen, und Ihr habt Verpflichtungen." Marreck wehrt sich, hat aber gegen Cheppard keine Chance. „Mein Bruder, ich kann ihn nicht hier liegen lassen. Lasst mich zu meinem Bruder." Im Lager angekommen, wirft Cheppard Marreck in sein Zelt. „Esst was und schlaft Euch aus. Die Trolle werden bald schon wiederkommen. Eure Soldaten brauchen Euch bei vollem Verstand. Trauern kannst du, wenn der Krieg vorbei ist." Cheppard verlässt das Zelt, um mit den Soldaten und den Elfen zu reden. Marreck ruft ihm nach: „Ihr seid ein Monster!" Cheppard dreht sich kurz um und wirft einen kleinen Blitz auf Marreck, was ihn in einen tiefen Schlaf versetzt. Am Abend, nachdem die Soldaten und Elfen ihre Freunde und Kollegen auf dem Schlachtfeld beerdigt haben, sammeln sie die Trolle ein und werfen sie auf mehrere große Haufen. Sie zünden sie an, und das Schlachtfeld wird von den Flammen erhellt. An der gesamten Grenze entlang lassen sie Hunderte Laternen in den Himmel steigen. Als Gedenken, jede Laterne für einen Soldaten oder Elfen, die in der Schlacht ihr Leben gelassen haben. Der Himmel ist bunt erhellt, und der Wind trägt die Laternen in Richtung Baumelfen-Reich und Selmir. Am nächsten Morgen informiert sich Cheppard bei einem Heiler nach Metepho. „Er ist sehr schwer verletzt. Er ist noch nicht bei Bewusstsein, und seine Verletzungen sind so schwer, dass ich befürchten muss, dass er es nicht überleben wird." Cheppard ist enttäuscht. „Ich hätte ihn gut auf dem Schlachtfeld gebrauchen können.

Bringt ihn in seinen Palast, für ihn ist die Schlacht hier vorbei."
Cheppard geht in das Zelt von Marreck. Das Zelt ist leer, und Marreck ist verschwunden. „Dieser Feigling, ich hätte es wissen müssen. Unwürdig und ein Feigling!" Er geht zu den Soldaten und gibt ihnen Befehle. „Wenn ich durch das Tor gegangen bin, verschließt ihr es. Haltet die Grenze mit allem, was ihr habt." Danach geht Cheppard durch das Tor in die Mitte des Schlachtfeldes und bleibt dort stehen. Die Soldaten verschließen das Tor und fragen sich, was Cheppard da tut. Doch er steht einfach nur da, mit Blick in Richtung Trollheim, und wartet. Die Soldaten sind so verunsichert, dass sie Arentor eine Botschaft über die Ereignisse schicken. Nach ein paar Stunden kommt ein kleiner Troll zu Cheppard. „Ich nehme an, ihr wollt kapitulieren." Cheppard tötet ihn, ohne mit der Wimper zu zucken, mit einem Blitz. Er macht eine Handbewegung, und der tote Troll fliegt bis zum Fuß der Berge in Trollheim. Danach steht Cheppard wieder einfach nur da und wartet mit Blick in Richtung Trollheim. Die Soldaten, die es von der Grenze aus beobachteten, sagen sich: „Klares Statement, unmissverständlich!"

Nachdem die Nachricht in Nefesto verkündet ist, bricht Arentor über den Verlust seines Sohnes zusammen. Heiler bringen ihn aus dem Thronsaal in sein Zimmer. Fassungslos und völlig überrumpelt steht Elena im Thronsaal. Sie lässt Mattias zu sich rufen. Als dieser sich auf den Weg zu ihr macht, ist sie in der Waffenkammer. „Mattias, ich weiß, dass ihr noch nicht soweit seid. Aber nehmt dies und unterstützt Cheppard, er braucht jetzt jede Hilfe, die er bekommen kann." Sie reicht ihm zwei Messer mit schwarzen Griffen. Auf der einen Seite ist die Klinge flach und unnatürlich scharf, auf der anderen Seite gezackt und in Richtung des Griffes geneigt. Dies macht es unmöglich, das Messer aus einem Gegner zu ziehen, ohne die Wunde nicht zusätzlich aufzureißen. Mattias nimmt die Messer und schaut Elena fragend an. Sie erklärt: „Es sind die Messer Eures Vaters. Ihr seid das Gefäß eines ruhenden Gottes. Hilft Cheppard, und Ihr werdet verstehen." Mattias versteht überhaupt nichts. Er nickt und verwandelt sich in einen Blitz, der das Zimmer kurz erhellt. Dann verschwindet er.

Neben Cheppard auf dem Schlachtfeld taucht Mattias wieder auf. Cheppard schaut ihn an und sagt: „Schön, Ihr habt die Messer und die Stiefel Eures Vaters. Obwohl Ihr noch nicht komplett seid, kann ich Eure Hilfe gebrauchen." Mattias fragt ihn: „Ich verstehe das alles nicht. Was tun wir hier, und was soll ich hier?" Cheppard beruhigt ihn. „Wir warten auf die anderen. Keine Sorge, du wirst bald verstehen. Bleib einfach in meiner Nähe, solange du noch nicht von Beckzusir gezeichnet bist, und stell keine Fragen. Zurzeit würdest du es sowieso nichts verstehen." Mattias bleibt schweigend an seiner Seite stehen. Die Trolle beobachten die beiden von den Bergen heraus. Sie verstehen nicht, was die beiden machen. Sie stehen einfach nur da und machen nichts. Die Trolle sind verunsichert, trauen sich aber nicht, die beiden anzugreifen. Nach einer Weile schicken sie einen kleinen Trupp, um die beiden zu töten und um zu sehen, was passiert. Cheppard breitet seine Arme aus, und ein kleines Feld mit Blitzen schlägt auf den Trupp ein. Er tötet damit den Trupp, bevor dieser überhaupt in die Nähe der beiden kommt. Danach stehen die beiden wieder einfach nur da und machen nichts. Mattias fragt Cheppard: „Was genau soll das hier werden? Warum unternehmen wir nichts?" Cheppard antwortet: „Nur Geduld, mein Freund. Wir warten auf die anderen Schatten. Solange die Trolle nicht marschieren, haben unsere Truppen Zeit, sich zu regenerieren." Mattias fängt an zu verstehen und bleibt schweigend neben Cheppard stehen. Ihre Blicke weiterhin in Richtung Trollheim gerichtet.

Die Nicht-Befreiung von Bekklec

Auf einem anderen Planeten in einer anderen Dimension taucht über einem Sumpf ein schwarzes Loch auf. Fahayakla und Sordied fallen heraus und stürzen dreißig Meter in die Tiefe. Sordied fällt in den Morast und ist völlig mit Schlamm bedeckt. Er richtet sich auf und wischt sich mit seiner Hand den Schlamm vom Schädel. Er schaut sich um und entdeckt Fahayakla lachend auf einem Baum sitzen. „Na. das üben wir aber noch mal! Ich gebe dir aber eine acht Komma drei für die Haltung." Sordied ist wenig erfreut. „Wo zur Hölle sind wir hier?" Immer noch amüsiert, antwortet Fahayakla: „Auf meinem Heimatplaneten. Mach dich sauber, wir haben nicht viel Zeit." Sordied hebt seinen Stab in die Luft, und Schlamm und Dreck fallen von ihm ab. „Wo genau finden wir jetzt Bekklec? Und was wird uns bei deinem Vater erwarten?" Fahayakla springt vom Baum runter und geht in Richtung einer Straße. „Mach dir mal über meinen Vater keine Sorgen. Der hat Bekklec schon immer unterschätzt. Er ist im Orbit auf einer Raumstation. Da vorne geht es zu einem Raumhafen. Mein Schiff ist dort und wird uns hinbringen." Sordied folgt ihr und ist irritiert. „Er ist wo? Was ist eine Raumstation? Wieso müssen wir dafür in See stechen? Ich mag keine Meere." Fahayakla rollt mit den Augen. „Komm einfach mit. Es ist leichter, wenn du es siehst. Für Erklärungen haben wir keine Zeit." Nach einer gefühlten Ewigkeit kommen beide an den Raumhafen. Sordied hat Probleme zu laufen, da seine Knochen immer wieder auf dem glatten Boden wegrutschen. Er muss sich immer wieder auf seinen Stab abstützen. Ein in grau gekleideter Mann geht zu ihm. „Ihr zeigt mir euren ID-Chip." Sordied schaut ihn fragend an. „Was willst du?" Fahayakla unterbricht die beiden. „Er gehört zu mir. Wir sind im Auftrag von Darth

Beckzusir, der dem Rat angehört, unterwegs. Haltet uns nicht auf, oder wollt Ihr, dass ich ihm Bericht über Euch erstatte?" Der Mann scannt Fahayakla und schaut auf einen kleinen Bildschirm. „Entschuldigt, mein Lord. Ihr dürft natürlich passieren." Der Mann dreht sich um und verschwindet, so schnell er kann. Sordied fragt Fahayakla: „Was war denn das, und was hat Beckzusir damit zu tun? Was ist ein Darth und welcher Rat?" Fahayakla ist genervt. „Das soll er dir selbst erklären. Jetzt komm und versucht nicht aufzufallen." Sordied versteht überhaupt nichts mehr. „Und wieso nennt er dich Lord? Gibt es in eurer Dimension keine weiblichen Adelstitel?" Genervt antwortet sie: „Wir halten uns hier nicht mit so einem Blödsinn auf, wir haben Wichtigeres zu tun. Deshalb war das völlig korrekt! Wie soll man denn respektiert werden, wenn man für jeden Scheiß eine Extra-Wurst sein muss? Jetzt komm endlich." Sordied folgt ihr zu ihrem Raumschiff. „Das Ding soll schwimmen? Ohne mich!" Fahayakla packt ihn am Kragen. „Nicht schwimmen! Es fliegt!" „Echt! Und wo sind seine Flügel, bitteschön?" Fahayakla lässt ihn los und greift sich an den Kopf. „Komm einfach mit und stell keine blöden Fragen." Beide steigen in das Raumschiff, und es fliegt in den Weltraum. Nachdem die Raumstation zu sehen ist, merkt Sordied an: „Also, ich weiß nicht, wo wir sind oder was gerade passiert, aber das sieht irgendwie nicht gesund aus." Die Raumstation hat die Form von einem runden Donut. Die Lichter gehen an und aus. Einzelne Teile brechen ab, und man sieht, wie im inneren alles in Flammen steht. Fahayakla sagt zu Sordied: „Das passiert halt, wenn man sich an Bekklec rächen will. Mein Gemahl hat sich anscheinend schon befreit." Das Raumschiff dockt an die Station an. Als sich die Luftschleuse öffnet, kommt Bekklec durch einen langen Gang angerannt. „Macht das Schiff startklar! Schnell, bewegt euch!" Fahayakla rennt zurück ins Cockpit und drückt wild auf den Armaturen herum. Sordied steht immer noch in der Luftschleuse und versteht nicht, was los ist. Als Bekklec an ihm vorbeirennt, greift er Sordied und zerrt ihn ins Schiff zurück. Bekklec rennt in das Cockpit und drückt ebenfalls wild auf den Armaturen herum. Als Sordied zu ihnen kommt, sagt Bekklec zu ihm: „Setz dich und schnalle dich an." Sordied widerspricht: „Ja klar, als ob ich so aussehe!" Das Schiff fliegt los, und Sordied wird hinter den beiden an eine Wand geschleudert. Er kann sich kaum bewegen, und die Raumstation explodiert hinter ihnen. Als sie aus dem Gefahrenbereich herausgeflogen sind, hält das Schiff an. Sordied wird an den beiden vorbeigeschleudert und fliegt durch die Cockpitscheibe ins Weltall. Eine zweite Scheibe wird heruntergefahren und stellt die Atmosphäre im Cockpit wieder her. Bekklec hält Fahayakla seinen Unterarm hin. Sie beißt hinein und trinkt sein Blut. Während die beiden Sordied zuschauen, wie er schwebend im All wütend herumzappelt. Bekklec ergreift das Wort: „Komm, wir sammeln ihn wieder ein." Fahayakla lächelt. „Einen Moment noch, das muss ich genießen!" Sordied schaut die beiden aus dem Weltraum an und muss zusehen, wie Fahayakla Bekklec besteigt und es mit ihm wild und hemmungslos treibt. Sordied wird richtig wütend und flippt total aus, kann sich allerdings im Weltraum nicht fortbewegen. Nachdem die beiden fertig sind und sich Sordied einigermaßen beruhigt hat, sammeln sie ihn ein und fliegen zu Bekklecs Festung, die sich auf einem sehr weit entfernten Planeten befindet.

Sordied betritt die Festung. „Derselbe Boden wie im Hafen! Ist doch Scheiße." Er geht durch die Eingangshalle in einen Flur. Rechts in einem Zimmer stehen seltsame Säulen mit bunten Lichtern, die blinken. In dem Raum gegenüber vom Eingang stehen Holographien, die merkwürdige Gestalten zeigen. Sordied geht links weiter in den Flur und schaut sich die Bilder an, die an der Wand hängen. Bekklec geht zu ihm. „Das sind Trophäen von gewonnenen Schlachten." Sordied vertieft sich in die Gemälde. „Ganz schön viele. Wer ist Bekoma?" Er schaut auf ein Bild, auf dem ein Mann in einer braunen Robe gekleidet ist und einen grünen Lichtstab in der Hand hält. Fahayakla kommt zu den beiden. Bekklec erklärt: „Das ist der verlorene Sohn von Beckzusir." Sordied hakt nach. „Ein verlorener Sohn, vielleicht sollten wir ihn suchen und mitnehmen." Bekklec und Fahayakla antworten beide erschrocken und gleichzeitig. „Nein!

Auf keinen Fall." Bekklec mahnt ihn. „Suche nie nach Bekoma, das würde unser aller Ende bedeuten. Er hat sich der hellen Seite zugewandt. Das wirst du nie verstehen. Jetzt kommt, oben ist ein Arbeitsraum, da können wir wieder nach Selmir zurück." Alle drei gehen in das obere Stockwerk. Sordied und Fahayakla wiederholen das Ritual, das sie im Tempel durchgeführt haben. Der Boden öffnet sich unter den dreien, und sie fallen in ein schwarzes Loch. Im Tempel des Nordens erscheint an der Decke ein schwarzes Loch. Die drei fallen heraus. Sordied landet in seinem Thron. Vor ihm landet Bekklec auf den Füßen. Etwas weiter hinten fällt Fahayakla hinter den Altar. Beim Sturz bleibt sie mit dem Kopf daran hängen und bricht sich das Genick. Nach einem kurzen Moment steht sie auf und richtet sich den Kopf wieder. „Autsch, blöder Altar!" Sordied sagt: „Das üben wir aber noch einmal, und für die Haltung gebe ich dir null Punkte." Bekklec fragt verwundert: „Muss ich den Kommentar verstehen?" Fahayakla sagt: „Nein, musst du nicht." Sie schmiegt sich an Bekklec, und beide lösen sich auf und verschwinden im Wind, der durch den Tempel weht. Sordied lacht und steigt in den Sarg, den er aus dem Boden emporsteigen lässt.

Bei Elena im Schloss Nefesto

Elena ist schwarz gekleidet und kümmert sich im Thronsaal um die Organisation von Arentees Beerdigung, als Sordied aus seinem Sarg aussteigt, der aus dem Boden emporsteigt. Elena begrüßt ihn. „Sordied, schön, dass du hier bist. Habt ihr alles erledigen können?" Sordied antwortet: „Hallo, meine Schöne. Netter Kleidungsstil! Was ist passiert?" Elena trauert, und ihr läuft eine Träne über die Wange. „Arentee ist in der Schlacht gegen die Trolle gefallen. Marreck ist verschwunden, und Metepho ist schwer verletzt. Wo sind Fahayakla und Bekklec?" Sordied antwortet: „Die sind ins Baumelfen-Reich vor gegangen. Ich bevorzuge es, mich auf den neuesten Stand zu bringen, bevor ich in die Schlacht ziehe. Mein aufrichtiges Beileid zu Eurem Verlust. In dem Fall muss ich den König sprechen, wo ist er?" „Er hat sich zurückgezogen und trauert, es geht ihm nicht gut. Eine der Wachen soll dich zu ihm führen." Eine Wache tritt vor, und sie gehen aus dem Thronsaal. Arentor hat sich in die Bibliothek zurückgezogen, und als Sordied zu ihm kommt, begrüßt er ihn mit den Worten: „Wo wart Ihr, als wir Euch gebraucht haben?" Sordied spürt die Verärgerung und die Trauer in Arentor. „Mein Beileid, mein König. Lasst Euch nicht von Eurer Trauer zerfressen! Das führte Euren Ahnen schon in den Wahnsinn. Ich erinnere Euch nur ungern an Eure Familiengeschichte. Ihr wisst, was wir zu tun hatten." Arentor denkt nach und sammelt sich. „Ihr habt recht. Verzeiht, ich möchte die Fehler meiner Vorfahren nicht wiederholen." „Nun, dann bin ich beruhigt. Was möchtet Ihr, das wir unternehmen?" Sordied wartet, bis Arentor nach einer Weile antwortet: „Ich möchte, dass Marreck nach Hause zurückkehrt! Er war anscheinend noch nicht bereit für eine Schlacht dieses Ausmaßes." Sordied erklärt: „Wenn er noch nicht bereit war, dann habt Ihr als Vater versagt. So jung ist der auch wieder nicht." Arentor ist genervt. „Erinnert mich nicht an meine Fehler bei der Erziehung meines Sohnes." Sordied weicht etwas zurück. „Und was habt Ihr mit den Trollen vor?" Arentor wird nachdenklich. „Diese Trolle! Wir hätten sie damals ausrotten sollen, als wir die Möglichkeit dazu hatten. Sie nahmen mir meinen Sohn und zeigten kein Erbarmen. Lasst keinen Stein auf dem anderen. Sollen sie zur Hölle fahren. Rottet sie aus und lasst sie die Rache von Selmir spüren." Sordied fragt nach: „Mein König, seid Ihr Euch sicher? Wollt Ihr wirklich einen Genozid an einem ganzen Volk verüben? Was ist mit den Frauen und Kindern?" Arentor wiederholt: „Ich sagte: Lasst keinen Stein auf dem anderen. Rottet sie aus! Wenn sie mir meine Nachkommen nehmen, nehme ich mir ihre! Trollheim wird von der Karte verschwinden, und Neu-Selmir wird entstehen!" Sordied fragt ein weiteres Mal nach: „Ihr seid Euch der Konsequenzen bewusst, wenn wir das tun?" Arentor nickt mit Wut in seinen Augen. Man merkt, dass er dem Verlangen nach Rache unterliegt. Sordied ist einverstanden. „Dann soll es so sein. Wartet auf unsere Rückkehr, dann folgen die Konsequenzen Eurer Rache." Sordied lässt seinen Sarg aus dem Boden emporsteigen und öffnet ihn. „Letzte Chance, mein König." Arentor antwortet nicht, und Sordied steigt in den Sarg. Dieser schließt sich und verschwindet im Boden. Elena, die alles von der Tür aus belauscht hat, geht zu Arentor. „Was hast du getan? Das wird Folgen für dich und das Volk haben." Arentor erklärt ihr: „Ich bin schon viel zu lange König, und du hast dich schon viel zu lange vor deiner Verpflichtung gedrückt. Ich werde mit meiner Entscheidung leben, und du wirst es auch!" Wütend läuft Elena aus der Bibliothek und lässt ihren Vater allein zurück.

Die Schatten gegen die Trolle

Cheppard und Mattias stehen noch immer auf dem Schlachtfeld und warten. Bekklec und Fahayakla tauchen neben den beiden auf. Bekklec begrüßt Cheppard. „Na, du alter Massenmörder, hast du auch den Weg hierher gefunden?" Cheppard antwortet: „Alter Schwertschwinger, du dachtest wohl nicht wirklich, dass ich mir eine Schlacht entgehen lasse." Bekklec ist erfreut. „Natürlich nicht! Bring uns mal auf den neuesten Stand der Lage, aber in Kurzform." Cheppard nimmt tief Luft. „Ei jo, Arentee ist tot. Metepho schwer verletzt in seinem Palast und der kleine Feigling von Marreck geflüchtet. Ich habe die Trolle in die Berge zurückgetrieben, und jetzt warte ich auf Euch. Wo sind Sordied und Beckzusir?" Fahayakla antwortet ihm. „Sordied macht anscheinend noch einen Abstecher nach Nefesto, und Beckzusir ist anscheinend immer noch im Tiefschlaf." Cheppard schüttelt den Kopf. „Na, dann soll er sich mal ausschlafen. Warten wir, bis Sordied kommt, der wird uns sagen können, was der König will." Zu viert stehen sie in der Mitte des Schlachtfeldes und warten mit Blick in Richtung der Berge von Trollheim.

Nach einer Weile steigt ein Sarg aus dem Boden empor, und Sordied kommt heraus. Er stellt sich in die Reihe der vier und schaut in Richtung Berge. Cheppard fragt ihn. „Und?" Sordied antwortet gefühllos. „Ausrotten." Alle außer Mattias zucken mit den Schultern. „Ja dann!" Mattias ergreift das Wort. „Wie jetzt? Ausrotten!" Cheppard erklärt ihm: „Töten, eliminieren, abschlachten, morden, kaltmachen, umlegen, erledigen, hinrichten, lynchen, opfern. Was gibt es da nicht zu verstehen? Ist doch ganz einfach." Bekklec schaut sich Mattias an. „Hast doch zwei Messer. Benutze sie!" Sordied sagt zu Fahayakla: „Du bist doch so was wie eine Heilerin, geh zu Metepho und schau, ob du ihm helfen kannst. Schaden machen wir genug!" Fahayakla nickt. Sie dreht sich zur Grenze um und hebt die Arme. Große Wurzeln und Dornenbüsche wachsen aus dem Boden und verstärken die Grenze. Danach dreht sie sich wieder in Richtung Berge und ruft so laut sie kann: „Juhu, die werden euch jetzt umbringen!" Alle schauen sie überrascht an. Sie zwinkert mit einem Auge, löst sich auf und verschwindet im Wind. Bekklec ist amüsiert. „Die muss man doch einfach lieben." Sordied macht einen Vorschlag. „Ich gehe von rechts in die Berge. Mattias von links und ihr beide durch die Mitte. Wir treffen uns dann auf der anderen Seite." Cheppard und Bekklec stimmen zu. Mattias will das Wort ergreifen und lässt es einfach bleiben. Eine riesige Fledermaus kommt angeflogen, und Sordied springt auf. Er fliegt an die rechte Seite der Berge. Mattias zieht seine Messer hervor und sprintet auf die linke Seite der Berge. Cheppard und Bekklec machen sich gemütlich auf den Weg in die Mitte der Berge. Cheppard fragt Bekklec: „Sag mal, warst du wirklich so dämlich und bist in einen Vulkan gefallen? Wie war das so?" Bekklec antwortet ihm. „Extrem heiß."

Nachdem Sordied gelandet ist, steigt er von seiner Fledermaus ab, und sie fliegt davon. Ein schmaler Pfad führt in die Berge, den er entlangläuft. Es dauert nicht lange, bis die ersten Trolle auftauchen. Sordied hebt seinen Stab in die Luft, und eine Dämonenwache sowie ein Sukkubus tauchen auf und stürmen auf die Trolle ein. Sobald es zu viele Trolle für die zwei werden, tippt er mit seinem Stab auf den Boden, wodurch eine Schockwelle ausgestoßen wird und die Trolle tötet. Ab und an gelingt es ihm, ein paar Seelen der Trolle einzufangen. Es ist das reinste Gemetzel, und die Trolle haben nicht den Hauch einer Chance. Immer mehr strömen herbei, doch einer nach dem anderen findet den Tod, und Sordied bahnt sich weiter seinen Weg durch die Berge. Als er an die Spitze des Bergpasses kommt, steht ein schwer bewaffneter, acht Meter großer Troll vor ihm, der den Weg versperrt. „Ihr könnt hier nicht vorbei. Ich werde Euch töten." Wenig beeindruckt befielt Sordied seinen zwei Geschöpfen anzugreifen. Sie stürmen auf den Troll ein und haben Mühe, ihn zu beschäftigen und zu verletzten. Sordied liest aus seinem Buch vor und belegt den Troll damit mit verschiedenen Flüchen. Nach einer Weile streckt er seine Hand in Richtung Troll aus, und ein grüner Strahl trifft den Troll. Nachdem Sordied seine Lebenskraft damit wieder aufgefüllt hat, stößt er seinen Stab in Richtung Troll in die Luft, der daraufhin geköpft wird und zu Boden geht. So kämpft sich Sordied den Bergpass entlang, bis er das andere Ende der Berge erreicht.

Mattias erreicht die Berge geschwind. Am Fuß eines breiten Pfades sagt er zu sich selbst: „Was mache ich hier eigentlich? Wo bin ich hier nur reingeraten?" Er macht sich kampfbereit und läuft langsam den breiten Pfad entlang. Es dauert nicht lange, bis die ersten Trolle auftauchen. Mattias ist verunsichert und greift seine zwei Messer so fest, wie er sie noch nie gehalten hat. „Mit Messern in eine Schlacht gehen, und dann noch allein – was habe ich mir nur dabei gedacht?" Die Trolle kommen näher, und Mattias fängt an, im Zickzack zu sprinten. Er ist so schnell dabei, dass die Trolle ihn fast nicht kommen sehen. Mattias sticht einen nach dem anderen ab. Je mehr er umbringt, desto selbstsicherer wird er dabei. Gelegentlich schafft es tatsächlich ein Troll, ihn zu treffen. Es reicht allerdings nicht aus, um ihn außer Gefecht zu setzen. Nach einer Weile kommt er auf einen großen runden Platz. Zwei sechs Meter große Trolle warten auf ihn. Sie werfen riesige Felsbrocken auf Mattias, und er wird unter ihnen begraben. Mattias wird schwarz vor Augen, und er ist sich sicher, dass er diesmal gestorben ist. Ein helles Licht kommt näher, es ist so hell, dass Mattias davon geblendet wird. Nachdem er sich wieder an die Helligkeit gewöhnt hat, bemerkt er, dass er wieder am Fuß des Bergpasses steht, wo er entlanggelaufen ist. „Was zur Hölle geht hier vor sich?" Er sprintet den Pfad wieder entlang, bis er den großen runden Platz erreicht. Die zwei Trolle stehen verwundert da. Er sprintet an seiner zermalmten Leiche vorbei, holt Anlauf und springt auf einen Felsvorsprung. Danach springt er auf einen der Trolle zu und rammt ihm eines seiner Messer in die Kehle. Sein anderes Messer rammt er ihm in die Brust, und als Mattias zu Boden fällt, schneidet er den Troll von oben bis unten auf. Die Gedärme fallen dabei aus dem Troll und er bricht tot zu Boden. Der zweite Troll greift nach einer Keule und greift Mattias an. Dieser springt über die Keule und rutscht dem Troll zwischen den Beinen hindurch. Er schneidet ihm die Sehnen durch, und als der Troll schmerzgekrümmt zu Boden geht, springt Mattias auf seinen Rücken und sticht solange auf ihn ein, bis dieser letztendlich den Tod findet. So kämpft sich Mattias immer weiter den Pass entlang. Siebenmal wird er am Fuß des Berges wieder wach, bis er endlich die andere Seite des Berges erreicht und auf Sordied trifft.

Cheppard und Bekklec kommen an ein großes verschlossenes Tor. Die verbleibenden Trolle sammeln sich dahinter. Cheppard sagt zu Bekklec. „Klopf mal an! Vielleicht machen sie ja auf. Man kann nie wissen!" Bekklec schaut skeptisch und hämmert an das Tor. Nichts passiert! Bekklec versucht es noch einmal und ruft dabei. „Post, ich habe ein Paket für euch!" Wieder passiert nichts. Cheppard ist sichtlich enttäuscht und merkt an: „Dann halt auf die altmodische Art." Er streckt seine Hände in die Luft, und das Tor hebt sich aus den Angeln. Als es zu Boden geht, erschlägt es einige Trolle. Cheppard breitet seine Arme aus, und der Boden färbt sich schwarz. Jeder Troll, der darauf tritt, stirbt einen qualvollen Tod. Ein acht Meter großer Troll kommt auf die beiden zu. Bekklec wirft seine Schwerter in einem großen Bogen in seine Richtung. Dabei töten diese einige Trolle. Als die Schwerter zu Bekklec zurückkommen wollen, springt er zwanzig Meter nach vorne zu dem großen Troll. Dabei greift Bekklec seine Schwerter in der Luft und malträtiert den Troll so schnell, dass man es mit bloßem Auge fast nicht erkennen kann. Flammen umhüllen die Schwerter, und Bekklecs blutrote Aura taucht die kompletten Berge in ein rotes Licht. Cheppard wirft mit Blitzen um sich, und beide verschonen nicht eine einzige Seele. Die Häuser der Trolle stehen in Flammen, und überall liegen ihre Leichen herum. Selbst Frauen und ihr Nachwuchs werden nicht verschont. Ein solches Massaker hat diese Welt noch nie zuvor gesehen. Als nur noch ein Troll übrig ist, steht dieser mit einem Schwert und einer Keule vor den beiden. „Ich bin der König aller Trolle, und ihr werdet ..." Bekklec hebt seine Hand, und der Troll fängt an zu schweben. Er greift sich an den Hals, als ob er gewürgt wird. An seinem Zappeln erkennt man, dass dem Troll die Luft ausgeht. Bekklec fragt Cheppard: „Ist das der Letzte?" Cheppard wirft einen Blitz auf ihn, und der Troll fängt Feuer und stirbt an seinen Verbrennungen. „Das war der Letzte!"

Es dauert bis in den späten Abend, bis die zwei zu Sordied und Mattias kommen. Ein Schamane der Orcs hat sich bereits bei den beiden eingefunden. Cheppard fragt: „Was will der denn hier?" Sordied erklärt: „Die Orcs und die restliche Welt akzeptieren die Entscheidung von König Arentor nicht. Aus Respekt zu uns ist er hier, um uns zu warnen. Wir haben mit diesem Völkermord somit einen Krieg erklärt." Der Schamane dreht sich um und geht langsam und friedlich zu seinem Volk zurück. Sordied lässt seinen Sarg aus dem Boden emporsteigen. „Kommt, wir haben noch etwas in Nefesto zu erledigen."

Arentor trägt die Konsequenzen

Die Schatten versammeln sich im Thronsaal von Nefesto. Fahayakla und Dagorie sind ebenfalls gekommen. Elena steht mit Tränen in den Augen und schwarz gekleidet am Fuß des Throns. Die Krone, die Arentor getragen hat, liegt auf dem Thron – nur von Arentor fehlt jede Spur. Sordied fragt Elena: „Wo ist dein Vater?" Elena schaut ihn mit Tränen in den Augen an. „Ich bitte euch alle, verschont meinen Vater." Sordied antwortet: „Er hat die Konsequenzen seiner Befehle zu tragen. Es sind uralte Gesetze von Selmir. Die weder ihr noch er aufheben könnt." Elena fängt an zu weinen. „Dann verschont ihn wenigstens solange, bis der rechtmäßige Nachfolger wieder hier ist." Cheppard ergreift das Wort: „Nein! Marreck ist zwar der rechtmäßige Nachfolger, aber solange er verschwunden ist, musst du dich deiner Verantwortung stellen." Elena bricht in Tränen zu Boden. Fahayakla umarmt sie und hält ihre Hand. „Wo ist dein Vater?" Elena antwortet: „Er ist vor dem Kamin in der Bibliothek." Als sich Sordied auf den Weg machen will, wird er von Dagorie aufgehalten. „Sordied, lasst mich gehen. Ich will ihm als Freund die letzte Ehre erweisen, ich kenne ihn am längsten." Sordied willigt ein, und Dagorie macht sich auf den Weg zu Arentor.

In der Bibliothek vor einem großen Kamin sitzt Arentor in einem Sessel. Daneben steht ein kleiner runder Tisch mit einer Flasche Whiskey und einem leeren Glas. Arentor hält ein weiteres Glas in der Hand. Während er in die Flammen des Kamins starrt, nippt er gelegentlich an seinem Whiskey. Dagorie setzt sich zu ihm und gießt sich ebenfalls ein. Arentor fängt an zu reden. „Also ist es vollbracht." Dagorie antwortet: „Ja, wir leben jetzt in einer Welt ohne Trolle." Arentor starrt weiterhin in die Flammen. „Ich bereue es nicht. Arentee ist tot, Marreck verschwunden, und ich bin viel zu lange schon König. Ich habe bei meinen Kindern versagt. Aber ich bereue meine Entscheidung nicht." Dagorie starrt nun ebenfalls in die Flammen. „Ihr habt der restlichen Welt mit Eurer Entscheidung den Krieg erklärt und somit Eurem Volk geschadet. Ich muss Euch recht geben, ihr seid schon viel zu lange König. Obwohl ich Euch hoch anrechne, dass Ihr so lange den Frieden aufrechterhalten habt." Arentor denkt einen Moment lang nach. „Ich bin froh, dass Ihr gekommen seid. Ich sterbe lieber durch die Hand eines Freundes als durch jemanden, der mir nicht gesonnen ist." Arentor hält Dagorie sein Glas hin. Aus seiner Tasche nimmt Dagorie ein kleines Fläschchen hervor und kippt den Inhalt in sein Glas. Arentor schwenkt es ein paarmal und trinkt es aus. Danach wirft er sein Glas in den Kamin, und es zerspringt in tausend Scherben. Nach einer Weile schläft Arentor friedlich ein und stirbt.

Der Autor

Sebastian Marc Simon, 1984 in Saarbrücken geboren, arbeitete nach der Mittleren Reife als Verkäufer im Kfz-Handel, als Rettungssanitäter und als Personaldienstleister. Seit dreizehn Jahren ist er als Flughafenmitarbeiter tätig.

Der Autor vertreibt sich seine Freizeit mit Computerspielen, Reisen und Heimwerken und folgt ganz seinem Lebensmotto: „Es gibt Höhen und Tiefen. Ich schaue nicht auf mein Leben zurück."

2019 legte der Autor mit „Das Empfinden der Zeit" seine erste schriftstellerische Arbeit vor.

Der Verlag

> *Wer aufhört*
> *besser zu werden,*
> *hat aufgehört*
> *gut zu sein!*

Basierend auf diesem Motto ist es dem novum Verlag ein Anliegen neue Manuskripte aufzuspüren, zu veröffentlichen und deren Autoren langfristig zu fördern. Mittlerweile gilt der 1997 gegründete und mehrfach prämierte Verlag als Spezialist für Neuautoren in Deutschland, Österreich und der Schweiz.

Für jedes neue Manuskript wird innerhalb weniger Wochen eine kostenfreie, unverbindliche Lektorats-Prüfung erstellt.

Weitere Informationen zum Verlag und seinen Büchern finden Sie im Internet unter:

www.novumverlag.com